U0004719

要講英文很簡單！

Simone Lin◎著

晨星出版

本書使用方法

· 該單元將學到的「英文聊天句型」：含英文句型和中文意思。

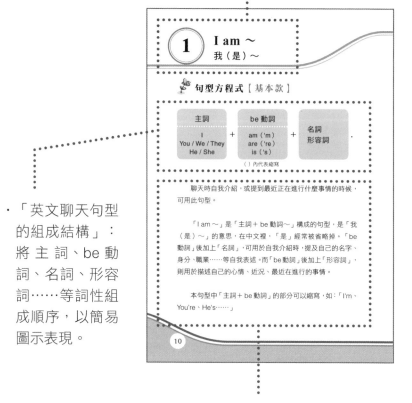

1　I am ～
我（是）～

🌱 **句型方程式**［基本款］

主詞		be 動詞		名詞
I You / We / They He / She	+	am（'m） are（'re） is（'s）	+	形容詞

（　）內代表縮寫

　　聊天時自我介紹，或提到最近正在進行什麼事情的時候，可用此句型。

　　「I am ～」是「主詞＋be 動詞～」構成的句型，是「我（是）～」的意思，在中文裡，「是」經常被省略掉。「be 動詞」後加上「名詞」，可用於自我介紹時，提及自己的名字、身分、職業……等自我表述。而「be 動詞」後加上「形容詞」，則用於描述自己的心情、近況、最近在進行的事情。

　　本句型中「主詞＋be 動詞」的部分可以縮寫，如：「I'm、You're、He's……」

10

· 「英文聊天句型的組成結構」：將主詞、be 動詞、名詞、形容詞……等詞性組成順序，以簡易圖示表現。

· 「聊天時怎麼運用這個句型」：説明並解釋此聊天句型運用的時機及含意。

基本句型

🌼 句型開口說 🔊 MP3

A：I'm Sally. Welcome to Taiwan.
　　我是莎莉，歡迎來台灣。

B：I'm happy to be here.
　　很高興來這裡。

A：What's up? [1]
　　你好嗎？

B：I am OK.
　　我很好啊。

A：What do you do?
　　你在做什麼工作？

B：I am a office worker.
　　我是個上班族。

A：How are you lately?
　　你最近過得如何？

B：I am busy with writing a proposal.
　　我正忙著寫提案。

A：I'm allergic to seafood. [2]
　　我對海鮮過敏。

B：That's too bad.
　　那真是太糟了。

補充 1：「What's up?」是口語用法，跟很熟的朋友可以這樣用，禮貌用法請適用「How are you?」，詢問會比較好。
補充 2：「be allergic to～」對～過敏，表達自己或某人對某種食物、物質或動物過敏時可用。

11

・「實際聊天時的
對話示範」：模
擬兩個人進行對
話，能更清楚什
麼情境中會使用
到這樣的英文句
子。（若情境對
話中有常用的片
語或生活化的英
文，該頁下方會
加上補充說明。

🔊 MP3　這邊有
MP3 聲音檔可以
邊聽邊學習唷～

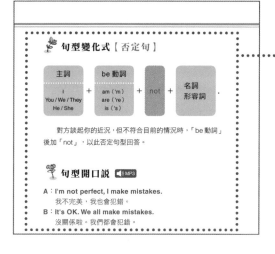

🌼 句型變化式【否定句】

主詞		be 動詞			名詞 形容詞
I You / We / They He / She	+	am（'m） are（'re） is（'s）	+	not +	

　　對方談起你的近況，但不符合目前的情況時，「be 動詞」後加「not」，以此否定句型回答。

🌼 句型開口說 🔊 MP3

A：I'm not perfect, I make mistakes.
　　我不完美，我也會犯錯。

B：It's OK. We all make mistakes.
　　沒關係啦，我們都會犯錯。

・「句型變化」：
若該單元的句型
有常用的變化，
將會增加補充說
明，有句型結構
介紹、說明、也
會有對話示範。

目錄

感謝、祝福、道歉

句首、感嘆、發語詞

表達想法、意見

建議、假設、比較

基本句型

1 I am ～
我（是）～

 句型方程式【基本款】

（　）內代表縮寫

聊天時自我介紹，或提到最近正在進行什麼事情的時候，可用此句型。

「I am ～」是「主詞＋be 動詞～」構成的句型，是「我（是）～」的意思，在中文裡，「是」經常被省略掉。「be 動詞」後加上「名詞」，可用於自我介紹時，提及自己的名字、身分、職業……等自我表述。而「be 動詞」後加上「形容詞」，則用於描述自己的心情、近況、最近在進行的事情。

本句型中「主詞＋be 動詞」的部分可以縮寫，如：「I'm、You're、He's……」

句型開口說 🔊 MP3

A：I'm Sally. Welcome to Taiwan.
我是莎莉，歡迎來台灣。

B：I'm happy to be here.
很高興能來這裡。

A：What's up? [1]
你好嗎？

B：I am OK.
我很好啊。

A：What do you do?
你在做什麼工作？

B：I am an office worker.
我是個上班族。

A：How are you lately?
你最近過得如何？

B：I am busy with writing a proposal.
我正忙著寫提案。

A：I'm allergic to seafood. [2]
我對海鮮過敏。

B：That's too bad.
那真是太糟了。

• •

補充 1：「What's up?」是口語用法，跟很熟的朋友可以這樣用，
　　　　禮貌用法建議用「How are you?」詢問會比較好。
補充 2：「be allergic to~」對～過敏，表達自己或某人對某
　　　　種食物、物質或動物過敏時可用。

🦋 句型變化式【否定句】

主詞		be 動詞		not		名詞
I You / We / They He / She	+	am（'m） are（'re） is（'s）	+	not	+	名詞 形容詞

對方談起你的近況，但不符合目前的情況時，「be動詞」後加「not」，以此否定句型回答。

🌷 句型開口說 🔊MP3

A： I'm not perfect, I make mistakes.
我不完美，我也會犯錯。

B： It's OK. We all make mistakes.
沒關係啦。我們都會犯錯。

A： Hi. I'm Harry. Are you Mary?
嗨！我是哈利，請問你是瑪莉嗎？

B： No, I'm not Mary.
不好意思，我不是瑪莉。

A： How are you lately? Still busy?
你最近過得如何呀？還是很忙嗎？

B： No, I am not busy lately.
不會呀！最近我不忙了。

句型變化式【疑問句】

| be 動詞 | | 主詞 | | 名詞 形容詞 | ? |

be 動詞
Am
Are
Is

+ 主詞
I
you / we / they
he / she

+ 名詞
形容詞 ?

詢問對方的近況時,將「be 動詞」放在最前頭,轉換成疑問句型來問。

 句型開口說 🔊 MP3

A:**Are you hungry?**
你會餓嗎?

B:**Yes, starving.**
會啊,好餓喔。

A:**Hi. This is Harry. Are you Jill?**
嗨!我是哈利,請問你是吉兒嗎?

B:**No, I am not.**
不,我不是吉兒。

A:**Are you still busy?**
你還是很忙嗎?

B:**Yes, I am still busy.**
對,我還是滿忙的。

2

I ＋ 動詞現在式～
我（現在）～

 句型方程式【基本款】

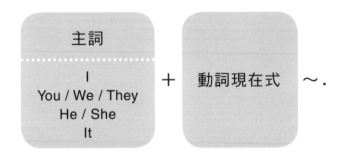

主詞

I
You / We / They
He / She
It

＋ 動詞現在式 ～.

　　説明當時的狀況，或經常發生的事，可用「現在簡單式」句型。

　　「I（主詞）＋動詞現在式～」是「我做了什麼」、「我在什麼狀態」的意思，是「現在簡單式」的句型。動詞後面有時會接目的物（也就是受詞），指做這個動作要行使的對象或目標。動詞概略可分為兩種，一種是「be 動詞」，一種是「一般動詞」，這個句型中的動詞就是「一般動詞」。主詞是第三人稱、人名及單數名詞時，一般動詞會有所變化，視情況加上 s 或 es，如：「rain → rains」，若遇不規則動詞變化，則必須特別背誦。

句型開口說 🔊MP3

A：**You look a little nervous. What's wrong?**
你看起來有一點緊張。有什麼事嗎？

B：**I have an interview in the afternoon.**
我下午有一個面試。

A：**We have a Persian kitten.**
我們養了一隻小波斯貓。

B：**What's the kitten's name?**
小貓的名字是什麼？

A：**What do you do on the weekends?**
週末你通常怎麼過啊？

B：**I usually sleep late and then go out with my friends.**
我通常會睡晚一點，然後跟我的朋友們一起出門。

A：**Janet has a nice Leica camera.**
珍娜有一臺不錯的徠卡相機。

B：**Certainly cost a lot.**
肯定花了不少錢。

A：**What's the weather like in London?**
倫敦的天氣如何？

B：**It rains most of the time.**
大多數時間都在下雨。

句型變化式【否定句】

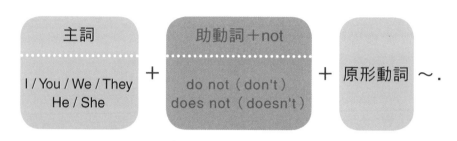

主詞		助動詞＋not		原形動詞 ～.
I / You / We / They He / She	＋	do not（don't） does not（doesn't）	＋	

說明並非某種狀態或情況時，「助動詞」後加「not」，「動詞變回原形動詞」，以此否定句型回答。

句型開口說 🔊 MP3

A：David doesn't take the bus during the rush hour.
大衛不喜歡在尖峰時間等公車。

B：I don't want to be jam in and not able to move either.
我也不想被擠得動彈不得。

A：Eric has really improved during the off season.
艾瑞克在季後賽進步很多。

B：I don't buy it. [1]
我不相信。

· · · · · · · · · · · · · · · ·

補充 1：「I don't buy it.」這裡的 buy 是 believe（相信）的意思。
如果要表示相信某人的說詞或被說服了，可說「I'm sold.」

句型變化式【疑問句】

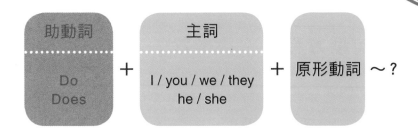

助動詞	主詞	
Do Does	+ I / you / we / they he / she	+ 原形動詞 ～？

　　詢問對方或某人的狀況（如習慣）、或真實情形時，將「助動詞」放在最前頭，轉換成疑問句型來問。

句型開口說 🔊 MP3

A：Do you always get up early?
　　你總是很早起嗎？
B：No, I sleep late on weekends.[2]
　　不，我週末都會賴床。

A：Do you have a delivery service?
　　你們有運送服務嗎？
B：Yes, we will deliver it for free.
　　是的，我們將免費送達。

• •
補充 2：「sleep late」指睡到很晚，如果想說「晚睡」，
　　　　可用「go to bed late」。

17

3 I ＋ 動詞過去式～
我做過 ～

 句型方程式【基本款】

描述過去某一時間點所發生的事情或行為，而且這件事情已經結束了，可用「過去式」句型。

「主詞＋動詞過去式～」是「做過什麼事」的意思，是「過去式」的句型。表示以前的行為，動詞必須用過去式。過去這個事件發生的時間點，可能是很久以前（兩千年前），也可能是最近（今天早上 this morning）。

一般動詞的過去式，通常是動詞原形的字尾加上 ed，如：「watch → watched」。不規則動詞的變化，則必須要特別背誦。句子中同時需要使用助動詞的時候，不論是第幾人稱主詞，都用 did，助動詞放的位置在主詞之後，動詞之前。

句型開口說 🔊MP3

A：**Any hot gossip lately?**
最近有沒有什麼八卦？

B：**Angel broke up with Mark last month.**
安琪上個月跟馬克分手了。

A：**I quit my job last month.**
我上個月辭職了。

B：**What is your next plan?**
接下來有什麼計劃嗎？

A：**Why isn't Tommy at work?**
湯米怎麼沒來上班？

B：**He had a terrible hangover.**
他嚴重宿醉。

A：**I ordered a dining room table, not a sofa.**
我訂的是一張餐桌，不是沙發。

B：**Sorry, the warehouse made a mistake.**
抱歉，倉庫搞錯了。

A：**I helped myself to a coke, do you mind?** [1]
我自己拿了一瓶可樂，你介意嗎？

B：**Of course not.**
當然不會。

・・・・・・・・・・・・・・・・・・・・・・・・
補充 1：「help yourself」意思是「你自己來，別客氣」，
是常見口語用語。help 後面接反身代名詞，
指自己來別客氣，如果說我自己來，
反身代名詞則用 myself。

句型變化式【否定句】

主詞	助動詞＋not	原形動詞 ～.
I You / We / They He / She	＋ did not（didn't）	＋

　　說明過去沒有做什麼事情，「助動詞」後加「not」，「動詞變回原形動詞」，以此否定句型回答。不論主詞是第幾人稱，一律使用「did not（didn't）」。

句型開口說 🔊 MP3

A：I didn't quit my job last month.
　　我上個月沒有辭職。
B：Why? You said you hate your job.
　　為什麼？你說你討厭你的工作。

A：I didn't tell anyone about your mistake.
　　我沒有告訴任何人有關你做錯的事。
B：Thank you.
　　謝謝你。

句型變化式【疑問句】

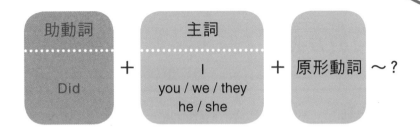

助動詞		主詞		原形動詞 ～?
Did	+	I you / we / they he / she	+	

　　詢問過去是否做過某件事情,將「助動詞」放在最前頭,轉換成疑問句型來問。不論主詞是第幾人稱,都用助動詞 Did。

 ## 句型開口說 🔊 MP3

A：**Did Angel break up with Mark?**
　　安琪跟馬克分手了嗎?

B：**No. But I think it's a matter of time.**
　　沒有,但我想這是遲早的問題。

A：**Did he have a hangover?**
　　他有宿醉嗎?

B：**No, his drinking was under control last night.**
　　沒有,他昨晚喝酒很節制。

句型方程式【基本款】

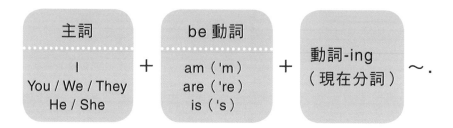

主詞		be 動詞		動詞-ing	
I You / We / They He / She	＋	am（'m） are（'re） is（'s）	＋	（現在分詞）	～.

　　描述某個正在進行的動作、或狀態尚未結束，可用「現在進行式」句型。

　　「主詞＋be 動詞＋動詞-ing ～」是「正在做～」的意思，是「現在進行式」句型。這個句型要用「be 動詞的現在式」與「現在分詞」（在一般動詞的字尾加上 ing），表示某事或某一個動作（現在）正在發生或進行。

句型開口說 🔊 MP3

A：**What are you doing now?**
你現在在做什麼？

B：**I'm surfing the net.**
我正在上網。

A：**You are standing on my foot.**[1]
你踩到我的腳了。

B：**Oh, I'm sorry.**
我很抱歉。

A：**I'm taking my kitten to the vet.**
我要帶我的小貓去看獸醫。

B：**Is the kitten sick?**
牠生病了？

A：**No, it needs a vaccine.**
不是，牠需要注射疫苗。

A：**I'm squeezing some fresh orange juice.**
我正在榨柳橙汁。

B：**Can I have some?**
我可以喝一些嗎？

A：**Sure.**
好啊。

• •
補充 1：「stand on one's foot」踩到某人的腳，
　　　　「step on one's foot」也是同樣的意思。

句型變化式【否定句】

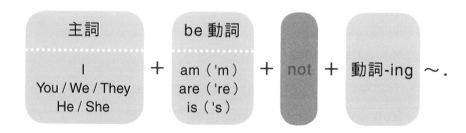

　　説明現在沒有正在做什麼事或某個動作，「be 動詞」後
加「not」，以此否定句型回答。

 ## 句型開口説 🔊 MP3

A：I'm not surfing the net.
我沒有在上網。

B：So what are you doing?
那你在做什麼？

A：You're not looking for souvenirs.
你沒有在找伴手禮。

B：I bought everything yesterday.
我昨天已經買齊全了。

A：I'm not watching TV, you can turn it off.
我不看電視了，你可以關掉。

B：Just do it yourself.
你自己關。

句型變化式【疑問句】

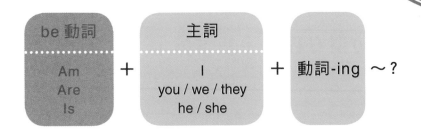

be 動詞	主詞	動詞-ing ～？
Am Are Is	I you / we / they he / she	

詢問某人是否正在進行某件事，將「be 動詞」放在最前頭，轉換成疑問句型來問。

 ## 句型開口說 🔊 MP3

A：**Are you surfing the net?**
你在上網嗎？

B：**Yes, I'm surfing today's news.**
是啊，我正在瀏覽今天的新聞。

A：**Are you looking for a present？**
你正在找禮物嗎？

B：**Yes, I'm looking for a birthday present for my mom.**
是啊，我想買個生日禮物給我媽媽。

A：**Is Dylan doing his homework?**
狄倫正在寫作業嗎？

B：**No, he isn't.**
不，他沒有。

5 I will ＋ 原形動詞～
我將會～

 句型方程式【基本款】

主詞		助動詞		原形動詞	～.
I You / We / They He / She	＋	will（'ll）	＋		

　　説明未來將要發生的動作或狀態時，可用「未來式」句型。

　　「主詞＋will＋原形動詞～」是「我將會～」的意思，表示在未來時間將發生的動作或出現的狀態，是「未來式」句型之一。will 為助動詞，中文意思是「將要、將會」，後面必須接原形動詞。不論主詞是第幾人稱，助動詞一律用 will。

句型開口説 🔊 MP3

A：Steve will work on Saturday, he can't meet us.
史帝夫星期六要工作，無法與我們碰面。

B：What a pity.
真可惜。

A：I will go to the Mayday's concert, rain or shine.[1]
不論晴雨，我都會去看五月天的演唱會。

B：I will see you there, then.
那麼到時候見。

A：When does the meeting begin?
會議什麼時候開始？

B：The meeting will start in ten minutes.[2]
會議再十分鐘就要開始。

A：I just got a bonus, so I'll treat you this evening.
我剛拿到獎金，晚上請你吃飯。

B：I'll drink to that.[3]
恭喜你。

A：Excuse me, we're ready to order.
不好意思，我們要點餐了。

B：I'll be right with you.
我馬上過來。

• •

補充 1：「rain or shine」指不論晴天或下雨的意思。
補充 2：「in＋時間」是未來時間副詞，可接「minute（s）
　　　　分鐘」、「hour（s）小時」、「day（s）天數」。
補充 3：「drink to」為～乾杯、祝福，舉杯祝賀的意思。

句型變化式【否定句】

主詞	助動詞＋not	原形動詞 ～.
I		
You / We / They	will not（won't）	
He / She		

　　説明未來不會去做某件事或不在某個狀態，「助動詞」後加「not」，「動詞變回原形動詞」，以此否定句型回答。不論主詞是第幾人稱，一律使用「will not（won't）」。

🌷 句型開口説 🔊MP3

A：Steve will not work on Saturday, he can meet us.
　　史帝夫星期六不用工作，他可以跟我們碰面。
B：That's great.
　　太棒了。

A：It's late, don't you go to work tomorrow?
　　很晚了，你明天不用上班嗎？
B：I won't go to work.
　　我明天不用上班。

句型變化式【疑問句】

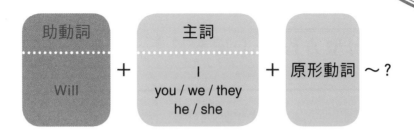

助動詞 Will ＋ 主詞 I you / we / they he / she ＋ 原形動詞 ～？

　　詢問未來可能將要做的事或狀態、詢問意見或表達請託之意，將「助動詞」放在最前頭，轉換成疑問句型來問。不論主詞是第幾人稱，都用助動詞 Will。

 ## 句型開口說 🔊 MP3

A：Will we have a welcome party for Sam?
　　我們會為山姆辦歡迎會嗎？
B：Yes, we will.
　　是的，我們會辦。

A：Will you do me a favor, please?
　　請幫我個忙好嗎？
B：OK, no problem.
　　好，沒問題。

6 I am going to ＋ 原形動詞～
我打算要～

 句型方程式【基本款】

主詞		be 動詞				
I You / We / They He / She	＋	am（'m） are（'re） is（'s）	＋	going to	＋	原形動詞 ～.

　　未來即將做，或談話前已經準備好要去做某件事，可用「未來式」句型。

　　「主詞＋be 動詞＋going to＋原形動詞～」是「將要（打算）做某事」的意思，是「未來式」的句型之一。「be going to」的句型是「將做什麼」及「打算做什麼」，在這裡的 going 並不是要到什麼地方去，而是一種強調用法，代表說話者的主觀意願。此句型要以人為主詞，後面必須接原形動詞。想表達已經計劃好、近期將要做某件事時，就可以使用此句型。

句型開口說 🔊MP3

A：**I'm going to have a midnight snack.**
我要去吃宵夜了。

B：**What? Aren't you on a diet?**
什麼？你不是在節食嗎？

A：**They're going to build a Big Theater in Hualian.**
他們將要在花蓮蓋一座「大劇院」。

B：**I don't believe it.**
我不相信。

A：**I'm going to read the movie original of Twilight tonight.**
今晚我要讀電影暮光之城的原著小說。

B：**Could you lend it to me when you finish it?**
你讀完可以借我看嗎？

A：**Your hands are dirty.**
你的手髒了。

B：**Yes, I know. I'm going to wash them.**
我知道。我正要去洗手。

A：**I'm going to Hawaii for vacation next week.**
我下星期要去夏威夷度假。

B：**Have a nice trip.**
祝你旅途愉快。

句型變化式【否定句】

主詞		be 動詞					
I You / We / They He / She	+	am（'m） are（'re） is（'s）	+	not	+	going to	+	原形 動詞	～.

　　説明未來不打算做某件事，「be 動詞」後加「not」，以此否定句型回答。

句型開口説 🔊 MP3

A：I'm not going to have midnight snacks.
　　我不去吃宵夜了。

B：Why?
　　為什麼？

A：I am on a diet.
　　我在節食。

A：I told on that bully.
　　我去檢舉那個惡漢了。

B：Really? He's not going to let it pass. [1]
　　真的嗎？他不會善罷甘休的。

補充 1：「tell on」告密、檢舉。「let ～ pass」不追究、放過。

句型變化式【疑問句】

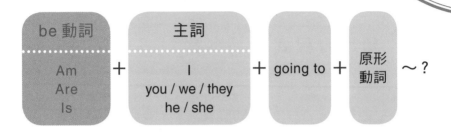

be 動詞	主詞		
Am Are Is	+	I you / we / they he / she	+ going to + 原形動詞 ～ ?

　　詢問未來將要做的事或計劃，將「be 動詞」放在最前頭，轉換成疑問句型來問。

句型開口說　MP3

A：Are you going to Vivian's wedding tomorrow?
　　你明天要去參加薇薇安的婚禮嗎？

B：Yes, I am.
　　是的，我會去。

A：Are you going to vote for the incumbent?
　　你要投票給現任的候選人嗎？

B：No, I would prefer to vote for someone new.
　　不，我寧願投票給新人。

A：Are you going to watch the debate this afternoon?
　　你會看下午的辯論嗎？

B：Yes, I am.
　　會啊，我會看。

7 I have ＋ 動詞過去分詞～

我已經～（最近剛完成某件事）

 句型方程式【基本款】

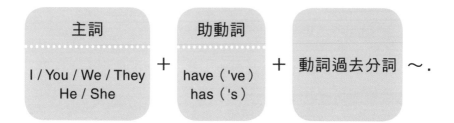

主詞	＋	助動詞	＋	動詞過去分詞 ～.
I / You / We / They He / She		have（'ve） has（'s）		

　　說明做了某件事且已經完成持續到現在，可用「現在完成式」句型。

　　「主詞＋have＋動詞過去分詞～」是「現在完成式」，本單元是「我（已經）完成～」的意思，含有過去＋現在的語意，說明「事情已經發生、或已經做了，且動作完成，結果持續到現在」。在此句型中的助動詞是 have 和 has。

　　另外，若表示剛剛完成某件事，常會加上副詞「just（剛剛）」。此句型中，常連用的副詞有三種，一個是 just，置於 have（has）後面；already 表示「已經」，用於肯定句，放在 have（has）後面或句尾；yet 表示「尚未、還沒」，用於疑問句或否定句，放在句尾。

句型開口説  🔊MP3

A：**He has already repaid his credit card's debt.**
他已經還清信用卡的債務了。

B：**Good to hear that.**
太好了。

A：**I hear you've got a new hobby.**
我聽説你有了新嗜好。

B：**Yeah, I love on-line games.**
是啊，我迷上線上遊戲。

A：**I've decided to study abroad.**
我決定出國念書。

B：**That's good for you.**
真替你高興。

A：**I just lost my key.**
我剛弄丟鑰匙了。

B：**I gave it to you a few days ago.**
我前幾天才給你的。

A：**Paul has already got a crush on Jenny.**[1]
保羅已經瘋狂愛上珍妮了。

B：**Jenny who?**
哪一個珍妮？

- - - - - - - - - - - - - - - - - - -

補充 1：「have a crush on someone」愛上某人，
　　　　crush 是口語用法，熱戀的意思。

35

句型變化式【否定句】

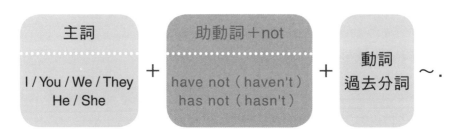

| 主詞 | | 助動詞＋not | | 動詞 |
| I / You / We / They
He / She | ＋ | have not（haven't）
has not（hasn't） | ＋ | 過去分詞 ～. |

　　說明尚未完成的動作，「have（has）」後加「not」，以此否定句型回答。否定句的縮寫，除了將「助動詞＋not」縮寫成「haven't（hasn't）」，亦可將「主詞＋助動詞」縮寫成「I've 、He's」，後面再加「not」。

句型開口說 🔊MP3

A：**They haven't saved a million dollars yet.**
他們還沒有存夠一百萬。

B：**They are all salary spenders.** [2]
他們是月光族。

A：**He hasn't repaid his credit card's debt yet.**
他尚未還清他的卡債。

B：**Why's that?**
為什麼？

補充 2：「all salary spenders」意思是月光族，
　　　指每月把收入花光的人。

句型變化式【疑問句】

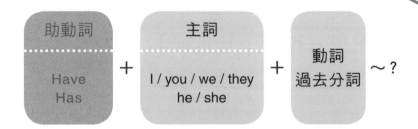

詢問是否已經完成某件事時,將「助動詞 have(has)」放在最前頭,轉換成疑問句型來問。

 ## 句型開口說 🔊MP3

A：**Has he returned the book to the library?**
他把書拿去圖書館還了嗎?

B：**Yes, he has.**
有,他還了。

A：**Have they saved a million dollars yet?**
他們還沒存夠一百萬嗎?

B：**No, they haven't.**
不,他們沒有。

A：**Have you finished your work?**
你的工作做完了嗎?

B：**No, not yet .**
不,還沒做完。

8

I ＋ have ＋ 動詞過去分詞～
我一直～（持續都是這樣）

 句型方程式【基本款】

主詞		助動詞		
I / You / We / They He / She	＋	have（'ve） has（'s）	＋	動詞過去分詞　～.

　　説明某動作或狀態從過去一直延續到現在，可用「現在完成式」句型。

　　「主詞＋have＋動詞過去分詞～」是「現在完成式」，本單元表示「動作或狀態從過去一直持續到現在，可能會繼續，也可能停止」。常連用「for（～之久）」，表示「動作持續的時間」；或「since（自～以來）」，表示「從過去的某一時間點開始延續到現在」。表示「持續」的用法中，也常使用 be 動詞的現在完成式「主詞＋have＋been＋動詞-ing」，此句型中的 been 就是 be 動詞的過去分詞。

句型開口說 🔊 MP3

A：**I've still got this cold.**
我的感冒還沒好。

B：**Man, you've had that for a month.**
天啊，你已經感冒一個月了。

A：**How long have you been doing yoga?**
你練瑜珈多久了？

B：**I have already been doing it for five years.**
我已經練了五年。

A：**I've been standing beside you for ten minutes.**
我站在你旁邊已經十分鐘了。

B：**Sorry, I didn't notice.**
抱歉，我沒注意到。

A：**You're a real smartphone addict.**[1]
你真是不折不扣的低頭族。

A：**I've been throwing up all night.**
我整晚一直都在吐。

B：**Do you have a stomach cramps?**
你的胃有抽筋嗎？

A：**They come and go.**[2]
一下子有一下子沒有。

補充 1：「smartphone addict」指沉迷於智慧型手機的人。
補充 2：「come and go」指來來去去、變化不斷的意思。

句型變化式【否定句】

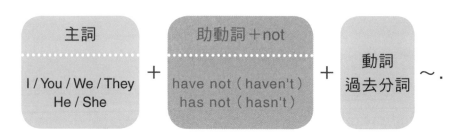

| 主詞 | | 助動詞＋not | | 動詞 過去分詞 | ~. |
| I / You / We / They He / She | ＋ | have not（haven't） has not（hasn't） | ＋ | | |

　　「持續」用法的否定句，說明「一直都沒有～」，「have（has）」後加「not」，以此否定句型回答。

句型開口說 🔊 MP3

A：**I haven't smoked for several years.**
　　我已經好幾年沒抽菸了。

B：**That's good for you.**
　　真替你高興。

A：**I met Bob on my way home.**
　　我在回家的路上遇見鮑伯。

B：**Really? I haven't seen him for a long time.**
　　真的？我好久沒見到他了。

A：**I've not written to him since 2008.**
　　二〇〇八年起，我就都沒寫信給他了。

B：**Why's that?**
　　為什麼？

句型變化式【疑問句】

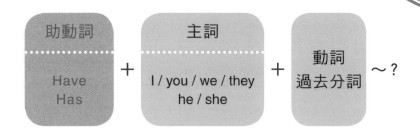

助動詞		主詞		動詞 過去分詞
Have Has	+	I / you / we / they he / she	+	～？

詢問是否持續做某件事時，將「助動詞 have（has）」放在最前頭，轉換成疑問句型來問。

句型開口說 🔊MP3

A：**Have you drunk red wine for a long time?**
你喝紅酒已經很久了嗎？

B：**Yes, I have.**
是啊，很久了。

A：**Have you been using a smartphone for three years?**
你用智慧型手機有三年嗎？

B：**No, it's almost two years.**
不，大約兩年。

A：**Has Jane left Taiwan for two years?**
珍離開臺灣兩年了嗎？

B：**Yes, she has.**
是的。

9 I have ＋ 動詞過去分詞～
我曾經～（早就做過某件事）

 句型方程式【基本款】

主詞	＋	助動詞	＋	動詞過去分詞 ～ .
I / You / We / They He / She		have（'ve） has（'s）		

　　說明過去到現在為止曾有的經驗，可用「現在完成式」句型。

　　「主詞＋have＋動詞過去分詞～」是「現在完成式」，本單元是「之前已經、早就做過某件事」的意思，是說明「過去到現在的經驗」的句型。表示曾經有的經驗，或過去一件發生過數次的事。

　　表示「經驗」的用法，也常連用副詞，如：「before（以前）、once（一次）、twice（兩次）、many times（許多次）、several times（有幾次）」。

句型開口說  MP3

A：We've climbed Mt. Jade many times.
我們爬過玉山好多次。

B：You're so great.
你們真行。

A：Yani Tseng has won LPGA Championships several times.
曾雅妮已經贏得好幾次 LPGA 錦標賽。

B：She's really something.[1]
她真了不起！

A：Gigi has visited the CNN TV station twice.
琦琦曾經參觀 CNN 電視臺兩次。

B：That's cool.
那真棒。

A：Hi, Mrs. Lee. I've heard a lot about you.
嗨，李太太，久仰大名。

B：Same here, Mr.Brown. I'm glad to meet you.
彼此彼此，伯朗先生。很高興見到你。

A：Steven has tried giving up smoking many times.
史帝芬試著戒菸好多次。

B：He's a heavy smoker.
他是個老菸槍了。

- -
補充 1：「really something」通常指「重要的事」，
　　　　形容人的時候，表示「某人真了不起」。

句型變化式【否定句】

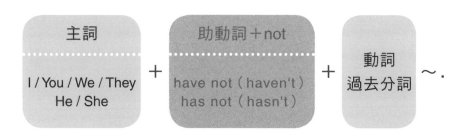

主詞	+	助動詞＋not	+	動詞	～.
I / You / We / They He / She		have not（haven't） has not（hasn't）		過去分詞	

　　説明「經驗」的否定句，除了「have（has）」後加「not」外，亦常用「never」表示「從未有過某種經驗」。

句型開口説 ◀)) MP3

A：Tom hasn't been to Kenting National Park.
　　湯姆沒去過墾丁國家公園。

B：He likes stay at home.
　　他喜歡待在家。

A：I've never seen such a funny-looking dog.
　　我從來沒見過長相如此滑稽的狗。

B：My boyfriend gave him to me.
　　是我男友送我的。

A：He has never apologized to anyone.
　　他從不向任何人道歉。

B：I don't like him. He is an impolite person.
　　我不喜歡他，他是一個沒禮貌的人。

句型變化式【疑問句】

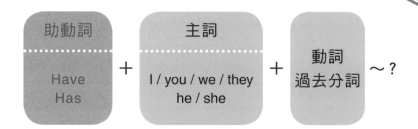

助動詞		主詞		動詞	
Have Has	+	I / you / we / they he / she	+	過去分詞	～？

　　詢問過去是否曾經有過特別的「經驗」時,將「助動詞have(has)」放在最前頭,轉換成疑問句型來問,亦常用「ever」加強「曾經」的意思。

 **句型開口說**

A：Have you ever seen a panda in real life?
　　你曾親眼看過貓熊嗎?

B：No, I haven't.
　　不,我沒看過。

A：Have you ever been to Paris?
　　你曾到過巴黎嗎?

B：Yes, twice.
　　有啊,兩次。

6W1H：
人、事、時、地、物、
為什麼、如何

10 Who is ～ ?
～是誰？

 句型方程式【基本款】

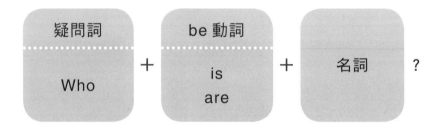

疑問詞		be 動詞		名詞	
Who	＋	is are	＋		?

詢問某個不認識的人的名字或身分，可用此句型。

「Who＋be 動詞＋名詞？」句型，who 是「誰」的意思，用來詢問人名，who 是有「代名詞」功能的疑問詞，稱為「疑問代名詞」，最常用於問人「名字」，回答時，就回答「名字」，若問「已知名字的某人是誰」，則回答那個人的「身分」，如：「Who is Mary?（誰是瑪莉？）」就回答「She is my neighbor.（她是我的鄰居。）」

句型開口說 🔊 MP3

A：**Who is she?**
她是誰？

B：**She is Jones. She is my new colleague.**
她是瓊斯，是我的新同事。

A：**Who is it?**[1]
是誰？

B：**It's me, Mary.**
是我，瑪莉。

A：**Who is Mr. Kim?**
金先生是誰？

B：**He's my uncle.**
是我叔叔。

A：**Who is that sweet girl?**
那個甜美的女孩是誰？

B：**Nobody knows.**
沒人知道。

A：**Who is your favorite singer?**
誰是你最喜愛的歌手？

B：**Madonna.**
瑪丹娜。

補充 1：「Who is it?」通常用於敲門時，問「是誰？」。
因為我們看不見敲門的人，不清楚是男或是女，
所以用 it 來代替。回答時就說「It's me.（是我。）」

49

句型變化式【現在式】

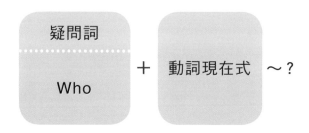

詢問何人做了什麼事，可用此句型。

句型開口說 🔊 MP3

A：**Who feeds stray dogs and cats?**
　是誰在餵流浪狗和流浪貓？

B：**An old gentleman.**
　是一位老紳士。

A：**Who supports Zoe's family?**
　誰在維持柔伊全家的開銷？

B：**Zoe raises her family.**
　柔伊養她全家。

A：**Mark doesn't think it's a good idea.**
　馬克不認為這是個好主意。

B：**Who cares?[2]**
　誰在乎？（管它呢！）

補充 2：「Who cares?（誰在乎？）」有隨便、無所謂之意。講話時，我們常不自覺用一些轉折語或口頭禪，但若頻繁使用，就顯得刺耳及失禮了。

句型變化式【過去式】

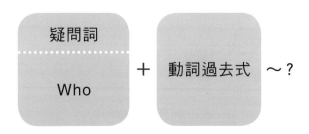

疑問詞		
Who	+ 動詞過去式	～?

詢問何人過去做了什麼事，可用此句型。

 ## 句型開口說 🔊MP3

A：**Who created Apple Computer?**
誰創立蘋果電腦？

B：**Steve Jobs and Steve Wozniak.**
史帝夫・賈伯斯和史帝夫・沃茲尼克。

A：**Who won the election?**
誰當選了？

B：**I don't know. Let's turn on the news.**
我不知道，我們打開新聞看看吧。

A：**Who won the lottery?**
誰中了樂透？

B：**George won some money.**
喬治贏了一些錢。

11 What is ～ ?
〜是什麼？

 句型方程式【基本款】

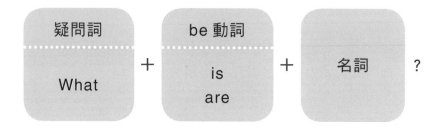

| 疑問詞

What | + | be 動詞

is
are | + | 名詞 | ? |

詢問和人、事、物相關的事，比如想知道「名字」、或想知道「某物是什麼」時，可用此句型。

「What＋be 動詞＋名詞？」句型，what 是「疑問代名詞」，表示「什麼」的意思，常用來代表「事物」或「職業」，可問人事物相關的事，比如：名字、價格、身分，或想知道某物是什麼……等。回答時不用 yes 和 no，用一般句子。

句型開口説 🔊MP3

A：**What's that building?**
那棟建築物是什麼？

B：**That's the richest person's mansion.**
那是首富的豪宅。

A：**What's that man's name?**
那男人的名字是什麼？

B：**He is Eric Liu.**
他是艾瑞克 · 劉。

A：**What is your mobile phone number?**
你的手機號碼幾號？

B：**My number is 0912-345678.**
我的號碼是 0912-345678。

A：**What's the best way to contact you?**
跟你聯絡用什麼方式最好呢？

B：**You can contact me through e-mail.**
你可以用電子郵件跟我聯絡。

A：**What was your first impression of me?**
你對我的第一印象如何？

B：**Well, I thought you were very pretty.**
嗯，我認為你很漂亮。

句型變化式【現在式】

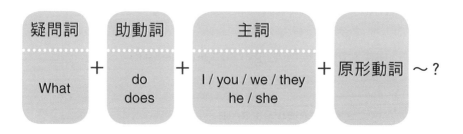

詢問某人職業、身分或意見、看法時,可用此句型。

句型開口説 🔊MP3

A:**What do you want for our seventh anniversary?**
結婚七週年慶,你想要什麼?
B:**I want a two carat ring.**
我想要一顆兩克拉的鑽戒。

A:**What do you do with your financial trouble?**
你打算如何處理財務困難的問題?
B:**First, I want to cut all my credit cards.**
首先,我要把我全部的信用卡剪掉。

A:**What does Tony do?**
湯尼從事什麼工作?
B:**He is a NEET.**[1]
他是個啃老族。

補充 1:「NEET」指既沒有就學,也沒有工作或接受職業培訓,而必須依靠父母的青年,也就是所謂「啃老族」(或直譯「尼特族」)。英文全稱為「Not in Education, Employment or Training」。

句型變化式【過去式】

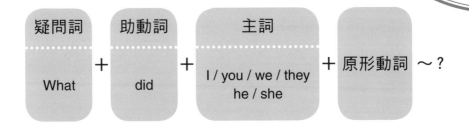

疑問詞		助動詞		主詞		
What	+	did	+	I / you / we / they he / she	+	原形動詞 ～？

詢問對方或某人過去所做的事情，可用此句型。

 ## 句型開口說

A：What did you get for your birthday?
你生日收到什麼禮物？

B：I got a smartphone.
我收到一支智慧型手機。

A：What did you think of the concert?
你覺得這場音樂會如何？

B：Other than the bad seats, I thought it was all right.
除了位置不好外，我覺得其他都還好。

A：What did the board decide on the issue?
董事會對這個問題有什麼決定？

B：Nothing.
沒有。

句型變化式【現在進行式】

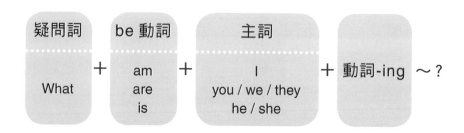

疑問詞 ＋ be 動詞 ＋ 主詞 ＋ 動詞-ing ～？

What

am
are
is

I
you / we / they
he / she

詢問對方是否正在進行某一樣工作，或做什麼事情的時候，可用此句型。

句型開口說 🔊MP3

A：**What are you listening to?**
你在聽什麼？

B：**I'm listening to Coldplay.**
我在聽酷玩樂團的歌。

A：**What are you looking for?**
你在找什麼啊？

B：**I lost my wallet.**
我的錢包不見了。

A：**What are you cooking? It smells delicious.**
你在煮什麼？聞起來好香喔。

B：**Vegetable soup.**
蔬菜湯。

句型變化式【未來式】

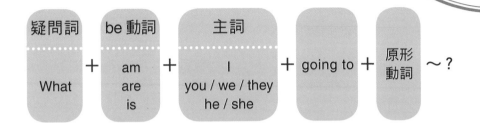

疑問詞		be 動詞		主詞				
What	+	am are is	+	I you / we / they he / she	+	going to	+	原形 動詞 ～?

　　詢問對方未來的計劃，或即將進行的事情，可用此句型。
亦可用「what＋will＋主詞＋原形動詞～？」

 ## 句型開口說 🔊 MP3

A：What are you going to eat for dinner?
　　你晚餐要吃什麼？
B：I think I'll get some pizza.
　　我要去買比薩。

A：What are you going to do on vacation?
　　休假期間你打算做什麼？
B：Relax and not think about doing anything.
　　好好放鬆，不想做任何事情。

A：What are you going to do tomorrow?
　　你明天要做什麼？
B：I will go abroad.
　　我要出國。

句型變化式【常用句型補充】

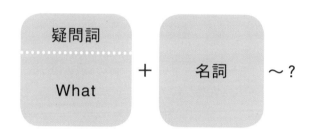

疑問詞
What

＋

名詞

～？

　　詢問某個東西的模樣、或某個事物是什麼時，可用此句型。

句型開口說 🔊MP3

A：**What color is your handbag?**
你的手提包是什麼顏色？
B：**Red.**
紅色。

A：**What fruits do you eat everyday?**
你每天吃什麼水果？
B：**Apples.**
蘋果。

12

When is ～？

～是什麼時候？

 句型方程式【基本款】

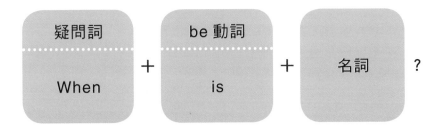

疑問詞	be 動詞	名詞
When	is	

＋ ＋ ？

詢問某件事發生的時間，可用此句型。

　　「When＋be 動詞＋名詞？」是「～是什麼時候？」的意思，when 用在問時間，有副詞功能，所以又稱「疑問副詞」。要留意的是，想詢問的事情是屬於第三人稱，be 動詞要用 is。

句型開口說 🔊 MP3

A：**When is the election?**
選舉在什麼時候？

B：**At the beginning of next year.**
在明年初。

A：**When is the proposal deadline?**
提案期限是什麼時候？

B：**It's next Sunday.**
下星期六。

A：**Sally is moving to Hong Kong.**
莎莉要搬去香港了。

B：**When is she leaving?**
什麼時候搬啊？

A：**Next month.**
下個月。

A：**When is the next bus?**
下一班公車什麼時候來？

B：**The bus will be here any minute now.**
公車隨時都會來。

A：**When is Jenny's birthday?**
珍妮的生日是什麼時候？

B：**It's July 7th.**
七月七日。

句型變化式【現在式】

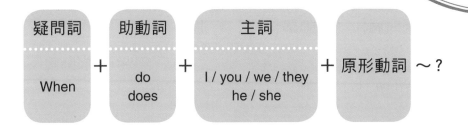

疑問詞	助動詞	主詞	原形動詞 ～？
When	do does	I / you / we / they he / she	

詢問某人何時會去做某件事，或某件事發生在什麼時候，可用此句型。

 ## 句型開口說 🔊 MP3

A：**When do you finish work?**
你何時下班？
B：**About eight o'clock.**
差不多八點。

A：**When does your LCD TVs go on sale?**
你們的液晶電視什麼時候會有特價優惠？
B：**In the end of August.**
在八月底。

A：**When does the movie start?**
電影什麼時候開始？
B：**It will start in twenty minutes.**
再二十分鐘要開始。

句型變化式【過去式】

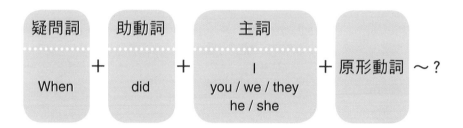

疑問詞	助動詞	主詞	
When	did	I you / we / they he / she	＋原形動詞 ～？

詢問過去某件事發生在什麼時候，可用此句型。

 ## 句型開口說 🔊 MP3

A：**When did Adam get married?**
　　亞當何時結婚的？
B：**Last month.**
　　上個月。

A：**I'd like to return this bread. It's moldy.**
　　我要退這個麵包。它發霉了。
B：**When did you buy it?**
　　請問您什麼時候買的？
A：**Last night after work.**
　　昨晚下班後。

句型變化式【未來式】

疑問詞		be 動詞		主詞				
When	+	am are is	+	I you / we / they he / she	+	going to	+	原形 動詞 ～?

　　詢問對方接下來何時要做什麼事，或對於未來的計劃，亦可用「When＋will＋主詞＋原形動詞～？」

 句型開口説 🔊 MP3

A：**When is Stanley going to buy a new car?**
　　史丹利什麼時候去買新車？
B：**I don't know.**
　　我不知道。

A：**When are we going to the movies?**
　　我們何時去看電影？
B：**How about tomorrow?**
　　明天如何？

A：**When are you going to leave for vacation?**
　　你什麼時候要休假？
B：**Hopefully the day after tomorrow.**
　　希望是後天。

13 Where is ～ ?
～在哪裡？

 ## 句型方程式【基本款】

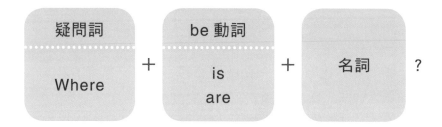

疑問詞		be 動詞		名詞	
Where	＋	is are	＋	名詞	？

　　詢問某人在什麼地方，或某樣東西在何處的時候，可用此句型。

　　「Where＋be 動詞＋名詞？」是「～在哪裡」的意思，where 有副詞的作用，又稱為「疑問副詞」，用在問場所，表示「哪裡」的意思，比如：「～在哪裡？」或「～在什麼地方？」

句型開口說 🔊 MP3

A：Where are you now?
你們現在在哪裡？

B：We're still at home.
我們還在家裡。

A：Where is my wallet?
我的皮夾呢？

B：Did you look in your bag?
你找過你的包包了嗎？

A：Where is Vicky hosting her wedding?
薇琪在哪裡辦她的婚禮？

B：In the W Hotel.
在 W 飯店。

A：Where is the closest bus stop?
最近的公車站在哪裡？

B：There's one just down the street.
這條街直走下去就有一個。

A：Where are you heading?
你要去哪裡？

B：I am heading south.¹
我正往南走。

• • • • • • • • • • • • • • • • • • • •
補充 1：「head」有出發之意，是指有特定方向的前進。

句型變化式【現在式】

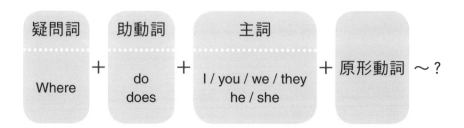

疑問詞 + 助動詞 + 主詞 + 原形動詞 ～?

Where　do / does　I / you / we / they / he / she

詢問某人在什麼地方做某件事，可用此句型。

 ## 句型開口說 🔊MP3

A：**Where do we get off?**
我們在哪一站下車？

B：**The stop after Taipei City Hall.**
臺北市政府的下一站下車。

A：**Where does he work?**
他在哪高就？

B：**He works for ASUS Company.**
他在華碩公司工作。

A：**Where do we get our luggage?**
我們要去哪裡領行李？

B：**The baggage claim is downstairs.**
行李提領處在樓下。

句型變化式【過去式】

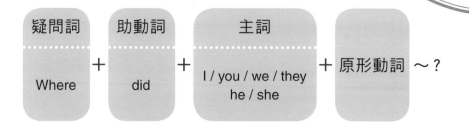

疑問詞	助動詞	主詞	
Where	did	I / you / we / they he / she	+ 原形動詞 ～?

詢問過去發生某件事的地點，可用此句型。

 ## 句型開口說 🔊 MP3

A：**Where did you learn violin?**
你在哪裡學小提琴？

B：**I learned violin by a private tutor.**
我跟私人家教學的。

A：**Where did John go last week?**
上星期約翰到哪去了？

B：**He went to Japan.**
他去了日本。

A：**My car is missing.**
我的車不見了。

B：**Where did you park it?**
你停在哪裡？

句型變化式【常用句型補充】

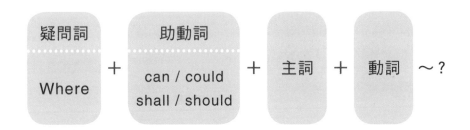

| 疑問詞 | + | 助動詞 | + | 主詞 | + | 動詞 ～？ |

疑問詞 Where + 助動詞 can / could shall / should + 主詞 + 動詞 ～？

除前述句型用法，where 還有與「can（could）」、「shall（should）」結合的應用句型。

句型開口說

A：**Where can I order a train ticket?**
我可以在哪裡訂火車票呢？

B：**From the internet, I think.**
我想是從網路吧。

A：**Where could my ipad be?**
我的 ipad 會在哪裡呢？

B：**Maybe you left it at the office.**
或許你放在辦公室了。

A：**Where should we park?**
我們要停哪裡？

B：**I don't see any empty spaces.**
我沒有看到空位。

14 Which is ～?
哪個是～?

 句型方程式【基本款】

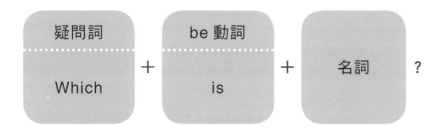

疑問詞		be 動詞		名詞
Which	+	is	+	名詞 ?

詢問「在～之中選出一個選項」的時候，可用此句型。

　　「Which＋be 動詞＋名詞？」句型，which 是「疑問代名詞」，指「哪一位、哪一個」的意思，用來問人或事物。which 通常是在有範圍的選項中選出一個來，後面通常有兩個或兩個以上的選項供選擇；如果雙方確知選項，不加也可以。回答時，可用「This is ～」或「That is ～」等一般句。

句型開口説 🔊MP3

A：Which is your choice?
你要選擇哪一個？

B：I can't decide.
我無法決定。

A：Which is her dog?
哪一隻是她的狗？

B：That is her dog.
那一隻是她的狗。

A：Which is your new folding bike?
哪一臺是你的新小摺？

B：That blue one is mine.
藍色那臺是我的。

A：I'm here to pick up Karen's down jacket. Which is hers?[1]
我來拿凱倫的羽絨外套，哪一件是她的？

B：This is Karen's down jacket.
這件是凱倫的羽絨外套。

A：There are three umbrellas here. Which is yours?
這裡有三把雨傘，哪一把是你的？

B：That umbrella is mine.
那把雨傘是我的。

••••••••••••••••••••••
補充 1：「down」當名詞用時，有絨毛、羽絨的意思。

句型變化式【現在式】

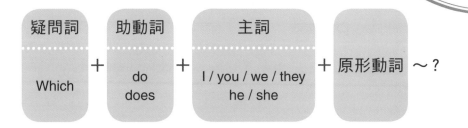

疑問詞	助動詞	主詞	
Which	do does	I / you / we / they he / she	原形動詞 ～？

此句型中的 Which 當作受詞用，如：「Which does Mary like best?（瑪莉最喜歡哪一個？）」which 是及物動詞 like 的受詞。此句用來詢問某人現在的選擇。

句型開口說  MP3

A：**Which do you prefer, laptop or tablet?**
　　筆記型電腦與平板電腦，你喜歡哪一個？
B：**I prefer tablet.**
　　我喜歡平板電腦。

A：**Which side do vegetarians eat?**
　　哪一些素食者可用？
B：**On this side.**
　　在這一邊。

句型變化式【未來式】

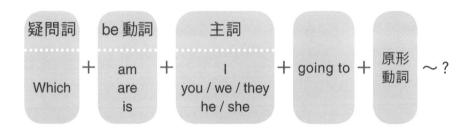

　　此句型中的 which 當受詞用，詢問某人未來即將做的選擇。亦可用「Which＋will＋主詞＋原形動詞～？」

 **句型開口說** 🔊 MP3

A：**Which are you going to buy?**
　　你將要買哪一個？
B：**Not so fast. Let me think about it.**
　　別催。讓我想一想。

A：**Which car is Tom going to order?**
　　湯姆要去訂哪一款車？
B：**He's still up in the air.²**
　　他還沒決定。

．．．．．．．．．．．．．．．．．．．．．．．．
補充 2：「up in the air」指的是懸而未決、尚未決定之意。

句型變化式【常用句型補充】

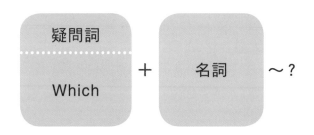

```
疑問詞
            +    名詞    ～?
Which
```

詢問選擇哪一種選項時，可用此句型。

 ## 句型開口說 🔊 MP3

A：Which flower is your favorite?
你最喜歡哪一種花？

B：Roses.
玫瑰。

A：Which car do you prefer?
你喜歡哪一種車款？

B：I know very little about cars.
我不太懂車。

73

句型方程式【基本款】

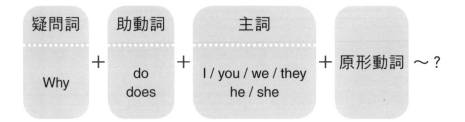

疑問詞	助動詞	主詞	原形動詞 ～?
Why	do does	I / you / we / they he / she	

詢問某人做某件事的原因或理由，可用此句型。

　　「Why＋助動詞＋主詞＋原形動詞～？」句型，why 是表示「為什麼」的疑問詞，用在問理由、原因。「Why ～？」的形式跟 who、what、when、where、which 一樣，疑問詞放在句子最前面。回答 why 的疑問句，一般會用 because 回答。

句型開口說 🔊MP3

A：Why do you go to bed so early?
為什麼你這麼早就睡覺？

B：Because I have to catch a flight early tomorrow morning.
因為我明天一早要趕班機。

A：Why do you speak English here in Taiwan?
你在臺灣為什麼講英文呢？

B：Because I need to practice English. Practice makes perfect.
因為我需要練習英文。熟能生巧。

A：Why do people like to play Candy Crush Saga?
為什麼大家喜歡玩 Candy Crush？

B：Because there're so many different levels to play.
因為有很多關卡可以破。

A：Why does Eric want to work for Orange Company?
為什麼艾瑞克想去橘子公司工作？

B：Because he admires the CEO.
因為他欣賞這家公司的執行長。

A：Why do you love him?
你為什麼愛他？

B：Because he is hard-working and filial.
因為他勤奮工作又孝順。

句型變化式【過去式】

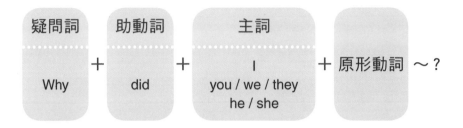

疑問詞	助動詞	主詞	原形動詞
Why	did	I you / we / they he / she	

+ 原形動詞 ～?

詢問某人過去做某件事的原因，可用此句型。

句型開口說 🔊 MP3

A：**Why did you go to Tokyo last week?**
你上星期為何去東京？

B：**I went to exhibition of International Tokyo Toy Show.**
我去參加東京玩具展。

A：**Why did your mom stop working?**
你媽媽為什麼沒去工作？

B：**She's laid off.**
她被裁員了。

A：**Why did you call Thomas?**
你為什麼打電話給湯瑪斯？

B：**I've got good news for him.**
我有好消息要告訴他。

句型變化式【現在進行式】

疑問詞	be 動詞	主詞	
Why	am are is	I you / we / they he / she	+ 動詞-ing ～?

詢問對方造成現在情況的原因，可用此句型。

 ## 句型開口說 🔊MP3

A：Why are you taking so long?
你怎麼這麼慢？

B：I'm doing a facial.
我正在敷臉。

A：Why are you limping?
你怎麼走路跛跛的？

B：I sprained my ankle.
我腳踝扭傷了。

A：Why is it so windy?
風為什麼這麼大？

B：There's a typhoon coming.
有颱風要來了。

How is ～ ?
～ 如何、怎樣？

 ## 句型方程式【基本款】

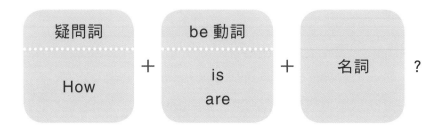

疑問詞		be 動詞		名詞	
How	＋	is are	＋	名詞	?

　　想要問對方近況如何，或想要知道第三者的情況，可用此句型。

　　「How＋be 動詞＋名詞？」是「～如何、怎樣？」的意思，how 是指「如何、怎麼樣」的狀態疑問詞，可用於詢問某人的健康近況、或某件事進行的如何、問天氣，或詢問方法、手段。how 也常與形容詞連用，比如：how long（多長）、how often（多久）、how far（距離多遠）……問法有好幾種，本單元將列舉數種常用的進行說明。

句型開口說 🔊 MP3

A：**How is the weather in New York?**
紐約的天氣怎麼樣？

B：**A big hurricane is expected to hit New York this weekend.** 紐約這週末將有大颶風來襲。

A：**How is David doing at work?**
大衛在工作上做得如何？

B：**Great. He is on his way to becoming manager.** [1]
很好，他很快就要升經理了。

A：**How is your work going?**
你的工作怎麼樣？

B：**You know same old thing, just more of it these days.**
你知道的，還不就那些東西，只是這幾天又多了點。

A：**How is your family?**
你的家人好嗎？

B：**They're doing great, thanks.**
他們都很好，謝謝你。

A：**Good evening! How are you today?**
晚安！你今天好嗎？

B：**Fine, and you?**
很好，你呢？

• •

補充 1：「on one's way to ～」正在往某個地方的路上。
to 後面要接名詞或動詞-ing（動名詞），不一定指
實際的某個地方，可能是某個職位或某種成就。

句型變化式【現在式】

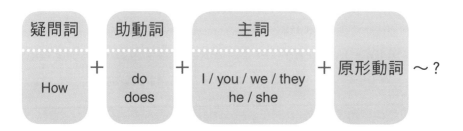

疑問詞	助動詞	主詞	
How	do does	I / you / we / they he / she	原形動詞 ～？

詢問對某人、某事物的意見或觀點，可用此句型。

句型開口說 🔊 MP3

A：**How do you like the new job?**
　你覺得現在這個新工作怎麼樣？

B：**Pretty good. I don't have to work much overtime.**
　滿好的。可以不用一直加班。

A：**How do you want the room arranged?**
　你的房間要如何布置？

B：**Whatever you prefer.**
　隨便你。

A：**How do you find the steak?** [2]
　你覺得牛排如何？

B：**Pretty good.**
　非常好。

補充 2：「How do you find ～？」是問對方某件事的看法或感覺。

句型變化式【過去式】

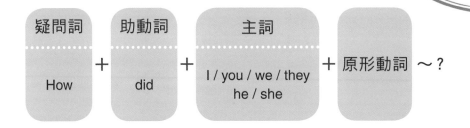

疑問詞	＋	助動詞	＋	主詞	＋	原形動詞 ～？
How		did		I / you / we / they he / she		

　　詢問某件過去已發生的事情進展如何，或某事如何做到，可用此句型。

 ## 句型開口說  MP3

A：How did you get to Kaohsiung?
你怎麼到高雄的？

B：By high-speed rail.
搭高鐵。

A：How did you get the tickets?
你怎麼拿到票的？

B：John had two extra tickets.
約翰有兩張多的票。

A：How did you meet each other?
你們怎麼遇見彼此的？

B：We met at Sally's wedding party.
我們在莎莉的婚禮派對認識的。

句型變化式 【與形容詞連用：How much】

How much + is/are + 名詞 ?

How much + 不可數名詞 + 助動詞 + 主詞 + 動詞 ～?

　　how 的問句，除了前述詢問近況、天氣外，還可與形容詞連用（much、many、old、long、far），用以詢問數量、年紀、次數、距離、長度等，另外，也常見與頻率副詞 often 連用，詢問頻率和次數。how much 是詢問「數量多少」的問句之一，後面接不可數名詞，詢問不可數東西的數量，比如：「時間（time）、水（water）、衣服（clothes）」。而 how much 最常見的應用就是，生活中買東西時常說的一句話：「How much is this?（這個多少錢？）」

句型開口說 🔊 MP3

A：**How much is this book?**
這本書多少錢？
B：**It's 300 dollars.**
三百元。

A：**How much time do you spend on Facebook every day?**
你每天花多少時間在看臉書？
B：**About two hours.**
大約兩個鐘頭。

句型變化式【與形容詞連用：How many】

| How many | + | 可數
名詞 | + | 助
動詞 | + | 主詞 | + | 動詞 | ～? |

| How many | + | 可數
名詞 | + | are | + | there | ～? |

　　how many 也是「數量多少」的問句，和 how much 不一樣，how many 後面接可數名詞（複數形式），詢問的是可數東西的數量，比如：「書（books）、人（people）、筆（pens）、蘋果（apples）」。

 句型開口說 MP3

A：**How many books do you want?**
　　你需要幾本書？
B：**I want ten books.**
　　我需要十本書。

A：**How many apples are there on the table?**
　　桌上有多少顆蘋果？
B：**There are three apples.**
　　有三顆蘋果。

A：**How many people were there at her wedding party?**
　　她的婚禮派對上有多少人啊？
B：**There were about ninety people.**
　　大約有九十個人。

句型變化式 【與形容詞連用：How long】

| How long | + | is
are | + | 名詞 | ? |

| How long | + | 助動詞 | + | 主詞 | + | 動詞 | 〜? |

how 後面接 long（長的；遠的），詢問多久時間或多少長度。

句型開口說 🔊 MP3

A：**How long is your vacation going to be?**
你的假期有多久呢？

B：**I have two weeks.**
我有兩個星期的假。

A：**How long does it take to fly from Taipei to Hong Kong?**
從臺北飛香港需要多少時間呢？

B：**It takes about 90 minutes.**
大約九十分鐘。

A：**How long is one inch?**
一英吋有多長？

B：**2.54 centimeters.**
二‧五四公分。

句型變化式【與形容詞連用：How far】

| How far | + | is
are | + | 名詞 | ? |

| How far | + | 助
動詞 | + | 主詞 | + | 動詞 | ～ ? |

how 後面接 far（距離遠的），詢問距離的遠近。

 句型開口説 🔊 MP3

A：**How far is the museum?**
博物館有多遠？

B：**The museum is just around the corner.**
博物館就在轉角而已。

A：**How far is it from here to your company?**
從這裡到你的公司有多遠？

B：**It takes about forty minutes by bus.**
搭公車大概四十分鐘。

A：**How far do chickens fly?**
雞可以飛多遠？

B：**Can chickens fly?**
雞會飛嗎？

句型變化式【與形容詞連用：How old】

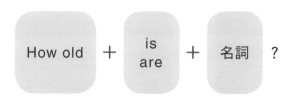

how 後面接 old（～歲的），詢問對方的年紀幾歲。

句型開口說 🔊 MP3

A：**How old are you?**
你幾歲？

B：**I'm tweny-two years old.**
我二十二歲。

A：**How old is your father?**
你父親幾歲？

B：**He is sixty years old.**
他六十歲。

A：**How old is your dog?**
你的狗幾歲？

B：**Three years old.**
三歲。

句型變化式【與頻率副詞連用：How often】

How often + 助動詞 + 主詞 + 動詞 ?

　　how 後面接 often（常常；時常），often 是頻率副詞，
詢問頻率、次數。

句型開口說 🔊MP3

A：How often do you go to the movies?
你們多久看一次電影？

B：We go to the movies once a week.
我們每星期看一次電影。

A：How often do you eat out?
你多久外出吃飯一次？

B：Twice a week.
每星期兩次。

A：How often does your brother go to play football?
你哥多久去踢足球一次？

B：Once a week.
每星期一次。

87

感謝、
祝福、
道歉

17

Thanks for ～
謝謝你～

🌸 句型方程式

| Thanks | + | for | + | 名詞
動詞-ing | . |

　　當我們對某人的行為、幫忙或態度表示感謝時，可用「Thanks for ～（Thank you for ～）」句型來表現。

　　「Thanks for ～」是「謝謝你的～」的意思，是表達感謝的句型。表示感謝對方的動作或行動，for 後面可接「名詞」或「動詞-ing」。回答別人的感謝，則可說「You're welcome.（不客氣。）」「It's OK.（不客氣。）」「All right.（不客氣。）」或「Don't worry about it.（沒什麼啦。）」

句型開口說

MP3

A：**Thanks for your help.**
　謝謝你的幫忙。

B：**You're welcome.**
　不客氣。

A：**Thanks for trying.** [1]
　謝謝你盡你所能。

B：**Sorry, I can't help that.**
　很抱歉我沒能幫上忙。

A：**Thanks for the advice.**
　謝謝你的建議。

B：**My pleasure.**
　我的榮幸。

A：**Well, I am afraid I have to go.**
　我想我該走了。

B：**Thanks for coming.**
　謝謝你的光臨。

A：**Thanks for cheering me up.**
　謝謝你鼓勵我。

B：**Don't worry about it.**
　沒什麼啦。

• •

補充 1：「Thanks for trying.」指別人有意並已經試過幫忙，
　　　　卻沒能真正幫上忙，但還是謝謝他。

句型方程式

主詞 ＋ be 動詞 ＋ sorry ＋ （that）＋主詞＋動詞 to＋原形動詞 ～.

　　想表示歉意，或表達對某人發生某事的遺憾、惋惜的時候，可用此句型。

　　「主詞＋be 動詞＋sorry＋（that）＋主詞＋動詞～」是「對～感到很抱歉」的意思，sorry 之後的句子用於說明自己的理由，尚有另一種用法是「主詞＋be 動詞＋sorry＋to＋原形動詞～」。此句型除了「抱歉」，還能表達「同情、惋惜或遺憾」之意，對於面對他人的損失和不幸時，這是常見的說法。

句型開口説 🔊MP3

A：**I'm sorry it didn't work out.**[1]
很抱歉事情沒成功。

B：**Don't worry about it.**
沒關係。

A：**I'm sorry I'm late. I took the wrong bus.**
很抱歉我來晚了，我搭錯公車了。

B：**Never mind.**
別在意。

A：**I'm sorry to keep you waiting.**
很抱歉讓你久等了。

B：**No problem. I was a little early for our appointment.**
沒關係，是我比預定的時間提早到。

A：**I'm sorry to interrupt you, but I have to talk to you.**
很抱歉打斷你們的談話，但我有話必須跟你説。

B：**It's OK. What is it?**
沒關係，是什麼事？

A：**I lost a lot of money in the stock market.**
我在股票市場賠了很多錢。

B：**I'm sorry to hear that.**
聽到這樣的事我很遺憾。

• •
補充 1：「work out」達到預期目標、成功的意思。

19 Congratulations ～
恭喜你～

 句型方程式

| Congratulations | + | on＋名詞
to＋代名詞 | ! |

向對方表達因為某事而祝賀或恭喜時，可用此句型。

「Congratulations ～」是祝賀句型，意在恭喜對方。congratulations 可單獨使用，意思是「恭喜你、祝賀你」，在後面接介系詞 on，說明「因為何事而祝賀恭喜」，後面接介系詞 to，則表示「向誰祝賀」。回答祝賀時，可說「Thank you.（謝謝。）」表示感謝。使用 congratulations 祝賀時，通常用於結婚、工作、成功、畢業、生日或獲勝等場合，一般不用於節日致詞。

句型開口說 🔊MP3

A： Congratulations on your success.
恭喜成功！

B： Thank you, I'm just very lucky.
謝謝，我只是比較幸運。

A： Congratulations to you!
恭喜你！

B： Thank you.
謝謝你。

A： Congratulations on your new job!
恭喜你有新工作了。

B： Thanks.
謝謝。

A： Congratulations on your promotion!
恭喜你升官了。

B： Thanks for your congratulations.
謝謝你的祝賀。

A： Congratulations on your happy marriage!
恭喜新婚！

B： Thank you. I'm so happy.
謝謝你，我很開心。

95

20 I wish ～
我祝福～

句型方程式

| I wish | + | 代名詞 | + | 名詞
形容詞 | . |

| I wish | + | （that） | + | 主詞 | + | 動詞過去式 | ～. |

　　想要祝福某人或某事，或表達事與願違但希望如此的時候，可用此句型。

　　「I wish you ～」是「我願你～」或「祝福你～」的意思，在祝福對象後面直接加上要祝福的事物即可。另外，wish 也常用於表示與事實相反的情況，或將來不太可能實現的願望，例如：「I wish I could buy a plane.（我希望能買架飛機。）」之類較不可能實現的事。

句型開口說

A：**I wish you every success.**
願你事事成功。

B：**Thank you. Same to you.**
謝謝你。希望你也一樣。

A：**I wish you a pleasant voyage.**
祝你旅途愉快。

B：**Thanks.**
謝謝。

A：**I wish you the best of luck.**
祝你好運。

B：**Thank you. I really need your support.**
謝謝你，我真的需要你的支持。

A：**Do you miss me?**
你想我嗎？

B：**I wish you were here.**
如果你在這裡就好了。

A：**I wish it would stay this way for the weekend.**
我希望這種天氣能維持到週末。

B：**As long as it doesn't rain.**
只要不下雨就好了。

21 Good luck ～
祝～好運

 句型方程式

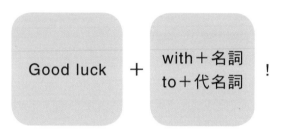

希望或祝福對方好運、或某件事進行順利的時候，可用此句型。

「Good luck ＋ with ＋名詞」是表示「祝～好運（順利）」的祝福句型。其中 luck 是「運氣」的意思，希望對方能有好運氣一路相隨時，常說「Good luck！（祝好運！）」

Good luck 後面加上「with ＋名詞」，表示「祝福對方某件事能有好運氣」。加上「to ＋代名詞」，則表示「祝某人好運」。

句型開口說 🔊 MP3

A：Good luck to me. I've got a date with Eric tomorrow night. 祝我好運吧。我明晚和艾瑞克有約會。

B：Good luck with your date.
祝你約會順利。

A：My boss agreed to my plan yesterday. [1]
老闆昨天同意我的提案了。

B：Congratulations! Good luck with your future progress on this.
恭喜啊！祝你的專案進行順利。

A：Good luck with your coffee shop.
祝福你的新咖啡店順利。

B：Thank you for your blessing.
謝謝你的祝福。

A：I'll start looking for a new job next week.
我下星期要開始找工作了。

B：Good luck with your job-hunting.
祝你找工作好運。

A：Good luck with your job interview.
祝你工作面試順利。

B：Thank you. I really need it.
謝了，我真的很需要。

• •
補充 1：「agree to ～」同意某人的意見或計劃。

22 I'm proud of ～
～引以為榮

 句型方程式

主詞 + be 動詞 + proud + of + 名詞 / 代名詞 / 動詞-ing（動名詞） ～.

想表示某人或自己「對～感到驕傲」時，可用此句型。

「主詞＋ be 動詞＋ proud ＋ of ～」句型中，proud 是指「驕傲的、自尊心」之意，而「～be proud of～」則表示「對某人或某事感到引以為榮」的意思。of 是介系詞，後面要接名詞、代名詞或動詞-ing（動名詞，名詞的一種）。

句型開口說

A：Congratulations!
恭喜！

B：Thank you for the blessing.
謝謝你們的祝福。

A：We're proud of you.
我們以你為榮。

A：I'm proud of my brother. He is a self-made man.
我為我哥哥感到驕傲。他是白手起家的人。

B：I'm sure he's proud of you, too.
我確信他也以你為榮。

A：Smartphone use is one of Daniel's blind spots and he's proud of it.[1]
丹尼爾對智慧型手機一竅不通，對此他還感到自豪。

B：I'm shocked.
我太驚訝了

A：I'm proud of my accomplishments.
我為自己的成就而自豪。

B：I'm counting on you.[2]
那我就靠你啦。

. . . .
補充 1：「blind spot」指偏見、盲點或一竅不通之意。
補充 2：「count on」指望或依靠的意思。

句首、
感嘆、
發語詞

23

Please ～
請～

 句型方程式

想請求或拜託別人的時候，可用此句型。

「Please＋原形動詞～」是「請～」的意思，屬於禮貌或客氣的祈使句句型，這是很常見的用法，please 可放在句首或句尾。含有 please 的請求、拜託或命令，使語氣緩和，讓對方覺得較受尊重。

句型開口說 🔊 MP3

A：I'd like to speak to Mr. Lin, please.
請林先生聽電話好嗎？

B：Hold on a minute, please.
請等一會，請不要掛掉。

A：Please wake me up at six tomorrow.
明天六點鐘請叫醒我。

B：OK.
好。

A：It was a pleasure seeing you again.
很高興再見到你。

B：For me also. Please keep in touch.
我也是。請保持聯繫。

A：Waiter, check, please.
服務生，請給我帳單。

B：Sure, in a minute.
好，馬上來。

A：Tickets, please.
請拿出你的門票。

B：Here you are.
在這裡。

24 Don't ～
別～

 句型方程式

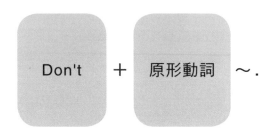

命令、指示或勸告別人「不要做某事」時，可用此句型。

　　「Don't＋原形動詞～」是「別做～」之意的否定命令句，don't 有「禁止、否定、勸告」的意思，don't 要放句首。而 be 動詞的否定命令句，是在 don't 後面接 be 動詞的原形「be」，即「Don't be ～」。

🌸 句型開口説 🔊 MP3

A：**This is not my day. I choked by drinking.**
今天實在諸事不順，喝水也嗆到。

B：**Don't worry about it, things will get better.**
別擔心，事情會好轉的。

A：**What's happening?**
怎麼啦？

B：**It's a long story.**
真是一言難盡。

A：**Don't take it so hard.**
不要太難過。

A：**Don't tell anybody.**
不要告訴別人。

B：**I won't tell anybody.**
我不會告訴任何人。

A：**I dumped Gary. He cheated on me.**
我甩了蓋瑞。他劈腿。

B：**Don't feel so bad. It's a blessing for you.**
別這麼難過了。這樣對你反而好。

A：**I can eat spaghetti through my nose.**
我可以用鼻子吃義大利麵。

B：**Don't be so ridiculous.**
別要寶了。

句型方程式

Be ＋ 形容詞 ～.

要求對方採取某種行動，或保持某個狀態，可用此句型。

「Be ～」開頭的句子是祈使句，表示「要這樣做、要這樣表現」的意思。祈使句通常省略主詞，以原形動詞為句首，故 be 動詞的祈使句用 Be 開頭。用來要求對方、命令或給予建議的一種語氣，讓説話的人表明説話當時的態度。

句型開口說  MP3

A：Be self-confident. You'll do fine.
有自信一點。你會做得很好。

B：All right. Wish me good luck.
好吧，祝我好運。

A：Good Luck.
祝你好運。

A：Be more optimistic. Look on the bright side.
樂觀一點。往好的一面看。

B：I should keep up my spirits.
我應該振作精神。

A：Can I have a stray puppy? [1]
我可以養流浪狗嗎？

B：OK, be kind to the puppy. Take good care of the puppy, just like it's a part of the family.
要善待狗狗。好好照顧牠，就像照顧自己的家人一樣。

A：It would be very nice to buy a new car.
買臺新車是不錯的主意。

B：Be reasonable. You can't afford to do it.
理智點。你負擔不起。

• •
補充 1：「stray」是走失的、迷路的意思，可當作名詞
　　　和形容詞，流浪動物是 stray animals。

🦋 句型方程式

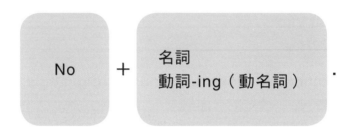

> No + 名詞
> 動詞-ing（動名詞） .

　　禁止或提醒人不要做某件事時，可用此句型。如看電影時，有人喧嘩或交談，一定想對他說「No talking!（別說話了！）」

　　「No ～」開頭的短語，是「禁止～」的意思，也是警示性的慣用語。常用來表示禁止、不准的簡短命令，No 後面不接受詞，接名詞和動名詞（動詞-ing）。

🌸 句型開口説

A：**No pains, no gains.**
沒有付出，就沒有收穫（一分耕耘，一分收穫）。

B：**That's true.**
確實如此。

A：**What does that sign read?**
那標示牌寫什麼？

B：**No mobile phone!**
禁用手機！

A：**Why is the police officer watching me?**
為什麼那個警察看著我？

B：**Because the sign says "No parking."**
因為告示牌寫著「禁止停車」。

A：**No peeking! I got a big supurise for you.**[1]
不准偷看喔！我要給你一個大驚喜。

B：**Fantastic! Sounds exciting.**
好棒！聽起來很刺激。

A：**What's your opinion about the judge who was involed in a bribery scandal?**
你對法官涉及收賄的醜聞有什麼看法嗎？

B：**No comment. Change the subject.**
不予置評。説點別的吧。

• •
補充 1：「peek」偷看、一瞥的意思，指短時間的看，
　　　　或是試圖不讓人看見的看。

27 Keep ～
保持、繼續～

 句型方程式

> Keep $+$ 形容詞
> 名詞＋形容詞
> 動詞-ing（動名詞）

想要某人或某物繼續、保持某種狀態，可用此句型。

「Keep ～」的開頭用語，是「保持～」的意思。Keep 後面不接不定詞，若「keep＋形容詞」，是指「維持在某種狀態」，例如：「You must keep silent.（你必須保持沉默。）」；「keep＋名詞＋形容詞」，是指「將某個人事物維持在某種狀態」；「Keep＋動詞-ing」是指「持續做某件事」，表示「將一直在做的事持續做下去」。

句型開口說 🔊 MP3

A：**Keep quiet, please.**
請保持安靜。

B：**Sorry.**
抱歉。

A：**Keep your mouth shut and your eyes open.**
少說話，多觀察。

B：**Okay, you've said it many times.**
好啦，你說過很多次了。

A：**You are really something. [1] Keep jogging everyday.**
你真厲害，每天持續慢跑。

B：**Fortunately my husband jogs with me.**
幸運有我老公作伴囉。

A：**What's your motto?**
你的座右銘是什麼？

B：**Keep going. Keep moving. Keep hoping.**
繼續往前，繼續行動，繼續保持希望。

A：**I'm not perfect, but I keep trying.**
我不完美，但我會繼續努力。

B：**WOW. You are amazing.**
哇！你真的好棒。

....
補充 1：「really something」指了不起、與眾不同的意思。

113

Go on with ～
繼續～

 句型方程式

Go on with ＋ 名詞 ～.

　　正在做某事被打斷，要對方不要受影響繼續做下去，可用此句型。

　　「Go on with ～」是慣用的短語動詞，表示「繼續做～」的意思，指某件事短暫停頓，又再繼續做同一件事，通常後面接名詞。on 有進行中的意味，go on 連用可用來表示「繼續」做某事的意思。

句型開口說 🔊 MP3

A：I'm afraid I've been boring you with my story.
恐怕你已經對我的話題感到無聊了。

B：Not at all. Go on with it.
一點也不會，繼續呀。

A：May I help you?
有什麼事嗎？

B：No. Go on with your speech, please.
沒有，請繼續你的演講。

A：Is he back now?
他回來了嗎？

B：Yeah. Go on with the cards.
是啊，繼續玩撲克牌吧。

A：It was raining so hard. How's your running?
昨天雨下得好大。你們跑得如何？

B：We went on with running in spite of the rain.[1]
儘管下雨我們仍冒雨繼續跑步。

A：May I go on with my job now?
我現在可以繼續我的工作嗎？

B：Sure.
當然。

• • • • • • • • • • • • • •
補充 1：「in spite of」儘管、不管的意思。

29 Leave ～
保持、處於～

 句型方程式

$$\boxed{\text{Leave}} \; + \; \boxed{名詞} \; + \; \boxed{形容詞} \; .$$

　　想表示讓某人或某事物保持、處於某種狀態，可用此句型。

　　「Leave＋名詞＋形容詞」是「讓某人或某事物處於某種狀態」的意思，leave 在此句中不是離開的意思。強調不要管某人、不要碰某物，如「Leave it out.」這句短語是表示「停止做一件事情」，有加強語氣的效果，意思是「停下來、算了吧！」

句型開口説  MP3

A：You look blue these days. What happened to you?
你這幾天看起來很沮喪，你怎麼了？

B：Leave me alone, please.
請讓我一個人靜一靜。

A：Leave the light on.
不要關燈。

B：Sure, but why?
好啊，不過為什麼呢？

A：I want the livingroom to look like there's somebody in there.
我希望客廳看起來像有人在。

A：They're going to the nightclub tonight for a drink.
他們今晚要去夜店喝一杯。

B：Leave me out.
別把我算進去。

A：I'm on the way to pick you up. Leave your phone on.
我在去接你的路上了，你的手機要開機喔。

B：OK.
好。

30 No matter wh- ～
無論～

 句型方程式

| No matter | + | wh- 疑問詞＋主詞＋動詞 | ～. |

　　想表示無論如何都會怎麼樣的決心，例如：「No matter what people say, I'll do it.（無論人們説什麼，我都會做。）」可用此句型。

　　「No matter＋wh- 疑問詞～」是「無論、不管～」的意思，no matter 是連接詞，用來引導副詞子句，表示「無論怎麼樣都會做」的決心。no matter 和其他疑問詞連用時，便產生不同的意思和句型，「no matter who ～（無論誰）」、「no matter what ～（無論什麼）」、「no matter when ～（無論何時）」、「no matter where ～（無論哪裡）」、「no matter which ～（無論哪一個）」、「no matter why ～（無論什麼原因）」、「no matter how ～（無論如何）」。

句型開口說 ◀) MP3

A：Let me see your license because you were speeding, please.
請讓我看看你的駕照，因為你超速了。

B：My father is the Vice president.
我父親是副總統。

A：No matter who you are, you must obey the law.
不管你是誰，你都要守法。

A：Mark's unreliable.
馬克不可靠。

B：No matter what happened, I would marry him.
無論發生什麼事，我都要嫁給他。

A：I'll help you no matter when you get into trouble.
無論什麼時候你碰到麻煩，我都會幫你。

B：Thank you!
謝謝你！

A：No matter how many times I might fail, I'll still try again.[1]
不論我失敗多少次，我都會再試一次。

B：That's the spirit!
這才對！

• •
補充 1：「might」是萬一、即使的意思。

31 No wonder ～
難怪～

想表達恍然大悟、不再納悶的心情,「No wonder ～」是口語中常用的句型。

「No wonder ～」是「難怪～」的意思,wonder 原為「疑惑、不明白」之意,no wonder 則是指一點都不驚訝,表示「難怪、怪不得」。這原是一個 It 引導的句型,完整的句子是「It is no wonder that＋子句」,但在口語中通常都省略掉「It is ～ that」。因此,這個句型中,請留意 no wonder 後面一定要接一個包含主詞和動詞的完整句子。

句型開口説  MP3

A：I can't sleep.
我睡不著。

B：You had two cups of coffee tonight. No wonder you can't sleep.
你今晚喝了兩杯咖啡，難怪你睡不著。

A：I'm on a diet.
我正在節食。

B：No wonder you've eaten so little.
難怪你吃這麼少。

A：Julia has to support the family.
茱莉亞必須要養家。

B：No wonder she works so hard.
難怪她拚命工作。

A：Leon just broke up with his girlfriend.
里昂剛跟他女朋友分手了。

B：No wonder he looks so sad.
怪不得他看起來很哀傷。

A：Andrew is a majority shareholder in the listed company.
安德魯是上市公司的大股東。

B：No wonder he's very rich.
難怪他很有錢。

句型方程式

| What ＋ | 冠詞 ‥‥‥‥ a / an | ＋ | 形容詞 | ＋ | 名詞 | ～！ |

想表示對一件事的驚嘆，或一種強烈的情緒時，可用驚嘆句型。

「What＋a＋形容詞＋名詞～」表示「真是～啊！」強烈感情的句型，能表達喜悦、讚嘆、憤怒、驚奇等思想感情。此句型的讚嘆對象是「名詞」，因此句首用 What，後接冠詞和形容詞；若形容的對象是不可數名詞時，則不加 a 或 an。

句型開口說 🔊MP3

A：**What a wonderful world! Now just relax, take a deep breath.**
這世界真是美好！來！深呼吸！

B：**You always keep a postive outlook.**
你還真是個超級樂觀的人。

A：**What nasty weather!**
這天氣真糟！

B：**Why don't we stay inside and watch TV?**
我們何不待在屋內看電視？

A：**What a marvelous New Year Eve's Celebration!**
好精采的跨年晚會喔！

B：**I agree.**
我也這麼認為。

A：**Josh, I found your cell phone under the sofa.**
賈許，我在沙發下找到你的手機。

B：**What a relief!** [1] **I thought I left it in the taxi.**
真是鬆了一口氣！我以為我把它放在計程車上。

A：**What a genius Paul is!**
保羅真是聰明！

B：**He really is.**
他真的很聰明。

• •
補充 1：「what a relief!」如釋重負之意。

How ＋ 形容詞（副詞）～！
真～！

🌱 **句型方程式**

How ＋ 形容詞 副詞 ＋ 主詞 ＋ 動詞 ～！

　　想表示對一件事的驚嘆，或一種強烈的情緒時，可用驚嘆句型。

　　「How＋形容詞（副詞）＋主詞＋動詞～」表示「真～啊！」強烈感情的句型，能表達喜悅、讚嘆、憤怒、驚奇等思想感情。此句型的讚嘆對象是「主詞、或主詞所做的某個動作」，因此句首用 How，後面不接冠詞，而是接「可形容主詞的形容詞」，或「可形容主詞所做動作的副詞」。

句型開口說 🔊MP3

A：**How wonderful life is! I feel so right when I've got her by side.**
生命真是美好啊！當她在我身邊，一切都感覺好棒。

B：**You are an incurable romantic.**
你真是個無可救藥的浪漫主義者。

A：**How cold it is today!**
今天真冷！

B：**Let's have hot pot.**
我們去吃火鍋吧。

A：**What a great idea!**
這主意真不錯！

A：**How hard does Leo work?**
里歐工作有多努力？

B：**He has become a workaholic.**
他已經變成工作狂了。

A：**It's been a long time since we saw each other.**
好久不見了。

B：**Right. How fast time flies!**
是啊，時間過得真快！

A：**How slowly that patient man does his work!**
那位有耐心的男士做事還真慢啊！

B：**He always does.**
他一向如此。

表達想法、意見

34 I think ～
我想～

 句型方程式

主詞 ＋ think ＋ （that） ＋ 主詞 ＋ 動詞 ～．

想表達對某人或某件事的看法或態度時，可用此句型。

「主詞＋think ～」是「想（認為）～」的意思，think 是「想、認為」，這個句型通常用於說話者表達本身的意見、建議……等看法。think 是此句的動詞，當主詞是第三人稱時，要用 thinks。說話者不認同某人或某件事的看法，則用「主詞＋do not（don't）＋think ～」否定句表達。

句型開口說 🔊 MP3

A：I think Meryl Streep is a great actress.
我認為梅莉史翠普是個好演員。

B：I think so, too.
我也是這麼想。

A：I think I have to talk to Ann.
我想我應該跟安談談。

B：Yeah, you should. She doesn't look well today.
是啊！你應該去。她今天看起來不太對勁。

A：I think I'll take everybody to have dinner together.
我想要帶大家去聚餐。

B：With pleasure. I'll take care of it.
我很樂意。這件事我會處理。

A：I think everyone needs a break from reality!
我想每一個人都需要從現實生活中稍微休息一下。

B：I knew it.
我知道。

A：I don't think it is a right time to buy a house this year.
我不認為今年是買房子的好時機。

B：You're right. I agree with you.
你說對了。我非常同意。

35 I feel ～
我覺得～

 句型方程式

主詞 ＋ feel ＋ 形容詞 ～.

想表達自己的感覺、情緒時，可用此句型來傳達。

「主詞＋feel＋形容詞～」是「感覺～」的意思，feel 是「感覺、覺得」之意，也有憐憫或同情的用法。feel 是此句的動詞，當主詞是第三人稱時，要用 feels。如遇上某件讓你開心或沮喪的事物，可以用這個句型說明自己的情緒狀態。

句型開口説 🔊 MP3

A：It's unbelievable. You won the lottery.
真不敢相信，你中樂透了。

B：I feel absolutely fabulous.
我感覺棒極了。

A：I feel uneasy.
我感到不安。

B：Don't bother with it. Look on the bright side.
別操心，往好的方面想。

A：I feel bad about losing your ipad.
我很抱歉把你的 ipad 搞丟了。

B：It doesn't matter.
不要緊啦。

A：I feel so depressed today.
我今天覺得很沮喪。

B：Cheer up! It's Friday!
開心點，今天是星期五耶！

A：I feel at home with her.[1]
和她在一起，我覺得很自在。

B：You're in love.
你談戀愛了。

補充 1：「at home」自在、無拘束的意思。

36 I can ～
我能～

主詞 ＋ can ＋ 原形動詞 ～.

想表示有能力能夠做某件事時，可用此句型。

　　「主詞＋can＋原形動詞～」是「能夠～」的意思，can
是助動詞，最常見的用法是表示「會做～」的意思，指有能
力或辦法做某事；以及傳達「可以～」的許可、請求之語意。
助動詞 can 後面必須接原形動詞。can 的過去式是 could，
表示過去有辦法或有能力做某事，指的是過去的事情。要
表達無法做的動作，在 can 及 could 後面加上 not（縮寫為
can't、couldn't），即形成否定句。

句型開口說 🔊 MP3

A：**I can live without you.**
我沒有你也能活。

B：**Don't leave me alone!**
別丟下我一個人！

A：**Can I call you sometime?**
改天我可以打電話給你嗎？

B：**Sure, you can call me any time.**
當然，你隨時可以打電話給我。

A：**Sandy, you are pretty today.**
珊蒂，你今天真漂亮。

B：**You can say that again.**
你可以再說一次。

A：**Tom can't speak Chinese.**
湯姆不會講中文。

B：**He had better learn Chinese well.**
他最好把中文學好。

A：**I was tired last night but I couldn't sleep.**
我昨晚很累，但我無法入睡。

B：**Me either.**
我也是。

37 I have to ～
我必須～

主詞 ＋ have to ＋ 原形動詞 ～.

　　想表示必須要做到某事，或不得不去完成某件事時，可用此句型。

　　「主詞＋have to＋原形動詞～」是「必須～」的意思，表示由他人、外力環境或習慣的驅使，不得不去做某事。have to 有助動詞功能，中文意思是「必須」，後面須接原形動詞。當主詞為第三人稱時，則用 has to。否定句則用「主詞＋don't＋have to＋原形動詞～」。

句型開口說 MP3

A：I have to work overtime.
我必須要加班。

B：It seems you're always working overtime.
你好像常常都在加班。

A：I have to go to the doctor.
我必須去看醫生。

B：How come?
為什麼？

A：I have a bad headache.
我的頭好痛。

A：I think we're almost out of gas.
我覺得我們快要沒油了。

B：We have to find a gasoline station.
我們一定要找個加油站。

A：It's raining.
下雨了。

B：You have to bring an umbrella.
你必須要帶傘。

A：He doesn't have to make himself a hero.
他沒必要把自己弄成英雄。

B：He'll suffer in the future.
他將來會嘗到苦果。

38

I want to ～
我想要～

 句型方程式

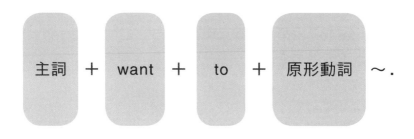

$$主詞 + want + to + 原形動詞 ～.$$

想表示自己或某人想要做某件事情時，可用此句型。

　　「主詞＋want＋to＋原形動詞～」是「想要～」的意思，
want 作「想、想要」解釋，表示某人想要去做某件事。want
的後面接「to＋原形動詞」。want 是此句的動詞，當主詞是
第三人稱時，要用 wants。

句型開口說 🔊 MP3

A：**Where will you go to count down this year?**
你們今年要去哪裡跨年？

B：**We want to go to count down at Taipei 101.**
我們要去臺北 101 跨年。

A：**Do you want to take a nap?**
你要小睡一下嗎？

B：**Yeah, I'm beat.** [1]
好的，我累壞了。

A：**I want to cancel my cable TV subscription. I'm moving.**
我要停掉有線電視。我要搬家了。

B：**No problem, I'll cancel the service for you.**
沒問題，我會為您取消。

A：**Benjamin wants to marry me.**
班傑明想娶我。

B：**Congratulations!**
恭喜！

A：**I want to be an international volunteer.**
我想當一位國際志工。

B：**Then go for it.**
去爭取啊！

• • • • • • • • • • • • • • • • • • • •

補充 1：「beat」累壞了的意思。
例如，「She looks beat.（她看起來累壞了。）」

39 I try to ～
我試圖～

 句型方程式

主詞 ＋ try ＋ to ＋ 原形動詞 ～.

想表示努力、企圖做某件事時，可用此句型。

　　「主詞＋try＋to＋原形動詞～」是「試著做～」的意思，try 是指「努力嘗試、試圖去完成某件事」。try 的後面接「to ＋原形動詞」。try 是此句的動詞，當主詞是第三人稱時，要用 tries。

句型開口說 🔊 MP3

A：**I try to improve my English.**
　　我試著加強我的英文。

B：**You can make it.**
　　你做得到。

A：**I try to have a good daily schedule.**
　　我試著每天正常作息。

B：**It's good for you.**
　　這樣很好。

A：**I try to quit smoking and drinking.**
　　我試著戒菸和戒酒。

B：**Good for you. Go for it!**
　　這樣很好，加油！

A：**I try to eat a lot of vegetables and fruits.**
　　我試著吃大量的蔬菜與水果。

B：**A balanced diet is the key to good health.**
　　均衡飲食是健康的關鍵。

A：**I'm afraid that I would be fired.**
　　恐怕我會被炒魷魚。

B：**You should try to work hard.**
　　你應該試著努力工作一點。

40 I need ～
我需要～

 句型方程式

$$ 主詞 + need + \begin{array}{c} 名詞 \\ to＋原形動詞 \end{array} ～. $$

當自己或別人需要什麼東西或做某事時，可用此句型。

　　「主詞＋need ～」是「需要～」的意思，need 作「需要」、「有～必要的」解釋，通常可用來說明需要什麼東西或某人需要做什麼事或改變。need 後面有兩種用法，「need＋名詞」，是指需要某物；「need＋to＋原形動詞」，是指有責任需要去做某事的意思，表示一種主動的狀態。need 是此句的動詞，當主詞是第三人稱時，要用 needs。

句型開口說 🔊 MP3

A：**I need your help.**
我需要你的幫忙。

B：**Sure, what's going on?**
當然，有什麼事？

A：**Carter needs some rest.**
卡特需要多休息。

B：**He's tired after playing all night.**
他玩了一整晚很累。

A：**I need a pair of shoes for work.**
我需要一雙上班的鞋子。

B：**What kind of shoes are you looking for?**
你想找哪一款鞋子？

A：**What's up?**
怎麼啦？

B：**I locked myself out of my house. I need to call a locksmith.**
我把自己反鎖在屋外。我需要叫個鎖匠來。

A：**I need to book a flight from Taipei to Tokyo.**
我需要預定臺北到東京的班機。

B：**When do you leave?**
你什麼時候離開？

41

I hope 〜
我希望〜

 句型方程式

主詞 ＋ hope ＋ （that）＋主詞＋動詞 / to＋原形動詞 〜.

希望發生某事或得到一樣東西，且可能實現，可用此句型。

「主詞＋hope＋（that）＋主詞＋動詞〜」是「希望〜」的意思，hope 中文意思是「希望」，常用在對好事的盼望或期待，而且這個希望有實現的可能性，例如：「I hope you enjoy the movie.（我希望你喜歡這電影。）」「主詞＋hope＋to＋原形動詞〜」則是「希望去做某事」，to 是不定詞當受詞，後面接原形動詞，例如：「I hope to stay for a while.（我希望再待一會。）」hope 是此句的動詞，當主詞是第三人稱時，要用 hopes。

句型開口說 🔊 MP3

A：**I hope you get well soon.**
我希望你早日康復。

B：**Thanks for your concern.**
謝謝關心。

A：**I hope to finish this work before Friday evening.**
我希望星期五晚上之前完成這工作。

B：**Let me give you a hand.**
讓我幫你的忙吧。

A：**I'm going to Hong Kong to eat hairy crab and do some shopping.**
我打算去香港大啖大閘蟹，順便購物血拚。

B：**Good for you. I hope you have a good time.**
真好。祝你玩得愉快。

A：**What do you hope to do tomorrow?**
明天你希望做什麼？

B：**I hope to go shopping.**
我希望明天去購物。

A：**We hope to see you soon.**
我們希望很快見到你。

B：**Same here.**
我也是。

 句型方程式

主詞 ＋ might ＋ 原形動詞 ~.

表達對現在或未來的推測，或可能要做的事，可用此句型。

「主詞＋might＋原形動詞~」是「可能~」的意思，might 是助動詞，表示「可能、也」之意，用於現在式或未來式，是對現在或將來的推測，一種不確定或是微弱的可能性。

句型開口説 🔊 MP3

A：**I might need to raise the rent a bit.**
我可能會調漲一點房租。

B：**Why's that?**
為什麼？

A：**I spent a lot of money on repairs this year.**
我今年花很多錢在裝修上。

A：**I might go maple watching in Japan this fall.**
今年秋天，我可能要去日本賞楓。

B：**It sounds terrific.**
聽起來很不錯。

A：**I might have the flu.**
我大概感冒了。

B：**Perhaps you should go to the doctor.**
你應該去看醫生。

A：**David said that I might borrow his new Audi.**
大衛説我可以借他的奧迪新車。

B：**Wow!**
哇！

A：**It might be cold this weekend.**
這個週末可能會很冷。

B：**Winter is coming.**
冬天就要來了。

句型方程式

主詞 ＋ do ＋ 原形動詞 ～.

　　想加重語氣或情感的強調，例如：「I do like you.（我真的喜歡你。）」時，可用此句型。

　　「主詞＋do＋原形動詞～」是加重語氣的句型，是「真的、確實～」的意思。這裡的 do 用來加強動詞語氣，表示「真的、確實、一定要」的意思。在強調語氣的用法下，do 是助動詞，後面要接原形動詞，主詞為第三人稱時，用 does，過去式則用 did。

句型開口說  MP3

A：**You do look nice today.**
你今天看起來真是好看。

B：**Thank you. That's so sweet.**
謝謝，你真體貼。

A：**You're going to work extra tonight, right?**
你今晚要加班，對嗎？

B：**Yeah, I do want to finish work then I can be certain to get an annual leave.**
是啊，我真的得完成工作才能安心休年假。

A：**Something sure does smell good.**
是什麼聞起來這麼香。

B：**I made an apple pie.**
我做的蘋果派。

A：**Did he come to help you last week?**
上禮拜他有過來幫你嗎？

B：**He did come, but did nothing.**
他確實來了，但卻什麼事都沒做。

A：**Do come next Saturday.** [1]
下星期六務必要來喔。

B：**I'd be glad to come.**
我很樂意。

補充 1：do 用在祈使句時，聽起來更有誠意，
例如，「please do stay.（請務必留下來。）」

44 I never ～
我從不～

 句型方程式

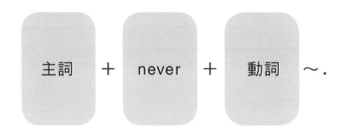

表示從不、從未做某件事時，可用此句型。

　　「主詞＋never＋動詞～」是「從不～」的意思，never 是頻率副詞，指「從不、永不」，表示某個動作發生率為零，比 not 有更強的否定意味，可以指未來、過去或現在的事。never 的位置要在動詞之前，be 動詞或 have 等助動詞之後。此句的動詞依發生時間變化，常見的是現在式、過去式、現在完成式。

句型開口說

A：How about a drink?
　喝一杯如何？

B：I never drink.
　我從不喝酒。

A：Oh, don't you!
　喔，這樣啊！

A：Mike never gets angry.
　麥可從不生氣。

B：He's a nice guy.
　他是個好好先生。

A：What have you been up to lately?
　你最近在忙什麼？

B：I'm learning to construct online shopping. I've never given up my dream of enterprise purpose.[1]
　正在學架設網路商店，我從來沒有放棄我的創業夢。

A：He never backed away from difficulties.
　他從未在困難面前退卻過。

B：That's true.
　真的。

補充 1：想表達「到現在為止從未～」，常搭配現在完成式。

45 I used to ～
我以前～

🦋 句型方程式

主詞 ＋ used to ＋ 原形動詞 ～.

　　說明以前是某種狀況、過去經常做，但現在已不復存在的某種習慣或狀況時，可用此句型。

　　「主詞＋used to＋原形動詞～」是「以前是～」或「過去常做～」的意思，這個句型所陳述的習慣或行為是過去，而非現在的習慣。「used to」是動詞片語，後面接「原形動詞」。

句型開口說  MP3

A：I used to read a lot of books.
我以前看很多書。

B：But you don't read much in recent years.
但是你這幾年讀得少了。

A：I used to have very long hair.
我以前頭髮很長。

B：Short hair is in style and it's cooler in summer day.
短髮現在很流行，而且夏天很涼快。

A：Mike used to work all day long.
麥可以前經常整天工作。

B：That guy was an eager beaver.[1]
他曾是個工作狂。

A：He used to go jogging.
他過去常常慢跑。

B：He stopped jogging. So what is he doing instead?
他已經不再慢跑了。那他改做什麼運動？

A：Jerry used to rent an apartment in The Palace.
傑瑞以前曾在帝寶租了一戶公寓。

B：The rent's not cheap.
房租可不便宜。

• •

補充 1：「eager beaver」指有企圖心、熱衷工作的人。

I remember ～
我記得～

🌿 句型方程式

主詞 ＋ remember ＋ to＋原形動詞 動詞-ing ～.

　　跟記憶有關，記得準備去做或已經做過某些事時，可用此句型。

　　「主詞＋remember ～」句型是「記得～」的意思，remember 後面接「to＋原形動詞（不定詞）」和「動詞-ing（動名詞）」時，會產生兩種截然不同的意思。後面加「to＋原形動詞」時，指「記得要去做某事」，也就是還沒做，將要去做某事；後面加「動詞-ing」時，則指「記得已經做過～」。例如：「I remember to charge cell phone.（我會記得要幫手機充電。）」「I remember charging cell phone.（我記得已經幫手機充過電了。）」remember 是此句的動詞，當主詞是第三人稱時，要用 remembers。

句型開口說 🔊 MP3

A：**Remember to lock the door before going to bed.**
記得睡前要鎖門。

B：**Okay, I will.**
放心，我會的。

A：**I remembered to cancel my room reservation.**
我記得要去取消旅館的預約。

B：**Why's that?**
怎麼回事？

A：**There's a typhoon coming.**
颱風要來了。

A：**Where is my down coat?** [1]
我的羽絨外套在哪裡？

B：**I remembered sending it to the laundry yesterday.**
我記得昨天送到洗衣店洗了。

A：**You look familiar. I remember seeing you.**
你看起來很面熟。我記得我見過你。

B：**I don't think we've met. I'm Kit.**
我不認為我們見過面。 我是基特。

A：**I remember taking the pill.**
我記得吃過藥了。

B：**All right.**
那就好。

• •
補充：「down」當名詞用時，有羽絨、絨毛的意思。

47 I realize ～
我明白～

句型方程式

主詞 ＋ realize ＋ 名詞
（that）＋主詞＋動詞
wh- 疑問詞＋主詞＋動詞 ～.

　　表達對於對方處境的理解，或領悟、意識到某事，可用此句型。

　　「主詞＋realize ～」是「明白～」的意思，表達了解對方處境或明白事情發生的始末，想要寬慰對方的用語。realize 是「了解、領悟」之意，與 understand 意思相近，但 realize 的理解更深刻。realize 後面接名詞或子句來說明事情，接子句的時候，分為兩種子句，一種是「that 子句（that ＋主詞＋動詞～）」，that 可省略，另一種情況則是接「wh-疑問詞子句（wh- 疑問詞＋主詞＋動詞～）」，wh- 疑問詞就 是「who、what、when、where、which、why、how」。realize 是此句的動詞，當主詞是第三人稱時，要用 realizes。

句型開口說 🔊 MP3

A：I realize I have to get rid of the comfort zone to get on. [1]
我明白想成功得脫離舒適圈。

B：Go for it. Wish you success.
放手去做吧，祝你成功。

A：I realize it's important to you, but you do need some time to take a rest.
我了解這很重要，但是你也需要休息一下。

B：All right, I'll go to sleep now.
好吧，我現在就去睡覺。

A：My girlfriend, Jenny, broke up with me.
我和我女朋友珍妮分手了。

B：I'm sorry. I realize it must be hard for you, but you can get over it. [2] **Time is a great healer.**
我很遺憾。我知道這對你來說很困難，但你可以克服的。
時間是最好的良藥。

A：He now realizes how hard you worked.
現在他了解你工作得多辛苦。

B：Experiences matured him.
經驗使他變成熟了。

• •

補充 1：「get rid of」指脫離、擺脫、除掉；
　　　　「get on」是成功、出人頭地的意思。
補充 2：「get over」是恢復、克服的意思。

48 I wonder ～
我想（知道）～

 句型方程式

> 主詞 ＋ wonder ＋ wh- 疑問詞＋子句（主詞＋動詞）
> if / whether＋子句（主詞＋動詞） ～.
> at / about＋名詞

詢問事情、需要對方幫忙的時候，可用此句型。

　　「主詞＋wonder ～」是「想知道～」的意思，常用於有禮貌地詢問事情、請求對方幫忙的時候。wonder 有「想知道、納悶、對～感到驚訝」等意思，因此 wonder 後面接 who、what、when、where、which、why、how 等疑問詞，是「想知道～」，表示委婉的疑問句；後面接 if 或 wether 等連接詞，則是「禮貌地詢問事情的假設性為何」；後面接 at 或 about，則有「感到驚訝、疑惑」的意思。wonder 是此句的動詞，當主詞是第三人稱時，要用 wonders，過去式則是 wondered。

句型開口説 MP3

A：She's a great leader. I wonder how she had a career and a family.

她是個優秀的主管。我想知道她如何兼顧工作與家庭。

B：You should ask for her advice.[1]

你應該請教她的意見。

A：A typhoon's moving in. I wonder if work will be cancelled tomorrow.

有颱風要來了。我在想明天會不會不用上班？

B：Probably.

或許喔。

A：I wonder when he came in.

我想知道他什麼時候進來的。

B：He's weird today. He came early.

他今天很奇怪，他提早到了。

A：I wonder what the news was.

我想知道有什麼消息。

B：As always.

一如往常。

A：I wondered about his knowledge.

我對他的學識大感驚訝。

B：That's it!

就是這樣！

補充 1：「ask for」表示向某人請教或徵求意見。

49 I heard ～
我聽說～

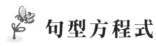 **句型方程式**

主詞 ＋ heard ＋ （that） ＋ 主詞 ＋ 動詞過去式 ～．

想表達聽聞的某一個事件，可用此句型。

「主詞＋heard ～」是「聽說～」的意思，表示自己所聽說的事情，聽說一件事情一定是說出這句話之前發生的事情了（過去式），所以用 heard（hear 的過去式）。that 在這裡是引導後面子句的出現，可以省略，因為事情已經發生，所以子句的動詞使用過去式。

句型開口説 🔊 MP3

A：**I heard that Irene had her first baby. Congratulations!**
我聽説艾琳生了第一個寶寶，恭喜！

B：**Thank you. We're so happy.**
謝謝，我們很快樂。

A：**I heard you got a new job. Congratulations!**
我聽説你錄取新工作。恭喜！

B：**Thanks. News travels fast.**
謝謝。消息傳得真快。

A：**I heard that Jody Chiang's concert was great.**
我聽説江蕙的演唱會很棒。

B：**It's a faultless performance.**
那真是一場完美演出。

A：**I heard Jenny's father passed away.**
我聽説珍妮的爸爸過世了。

B：**I'm sorry to hear that.**
聽到這個消息我很難過。

A：**I heard Andrew bought a new car.**
我聽説安德魯買新車子了。

B：**What kind of car did he buy?**
他買的是哪一種車啊？

50 I guess ～

我猜想～

句型方程式

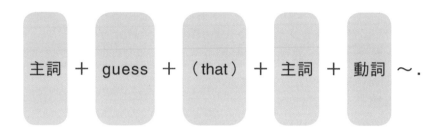

主詞 ＋ guess ＋ （that） ＋ 主詞 ＋ 動詞 ～．

表達猜想、推測某件事情的情況或發展時，可用此句型。

　　「主詞＋guess ～」是「猜想～」的意思，這句是常用的口語，guess有「猜測、認為」之意，後面接一個完整句子，用以猜想某件事的發展，通常對事情已有相當把握。guess是此句的動詞，當主詞是第三人稱時，要用 guesses。that在這裡是引導後面子句的出現，通常都省略。

句型開口說 🔊 MP3

A：**What's that smell?**
　　那是什麼味道？

B：**I guess it's the smell of ginger.**
　　我猜是薑的味道。

A：**Do you like Tom Cruise's films?**
　　你喜歡湯姆克魯斯的電影嗎？

B：**I guess I do.**
　　我猜我是吧。

A：**I guess I can get lots of bonuses this year.**
　　我猜我今年可以拿到很多獎金。

B：**You deserve it.**
　　這是你應得的。

A：**Did he show up?**
　　他到了嗎？

B：**I guess he'll be late again as usual.**
　　我想他又像往常一樣遲到了。

A：**What drove him mad?**
　　他為什麼發怒？

B：**I guess you touched his nerve.**[1]
　　我想你碰觸到他的敏感神經了。

・・・・・・・・・・・・・・・・・・・・
補充 1：「touch a nerve」碰觸到敏感神經，
　　　　是指某件事引起對方情緒上的反應。

51 I'm sure ～
我確定～

🦋 句型方程式

| 主詞 | ＋ | be 動詞 | ＋ | sure | ＋ | （that） | ＋ | 主詞 | ＋ | 動詞 | ～． |

想表示「不管怎樣，我確定～」時，可以用此句型。

　　「主詞＋be 動詞＋sure ～」是「確定～」的意思，本句型有「不管怎樣，我確定～」的態度，是肯定的語句。I'm sure 可以放在句首或句尾，意思都相同；that 在句子裡的作用是引導子句，但一般而言可省略 that，直接寫出子句。另外，自己確定一定能做某事，如「我一定要～」、「我確定我能～」，可在 sure 後面加上「to＋原形動詞」，例如：「I'm sure to win.（我一定會贏的！）」

句型開口說

A：I'm sure you will succeed.
我相信你一定會成功。

B：Thank you.
謝謝。

A：I'm sure he will win.
我確定他會贏。

B：What for?
怎麼說？

A：I'm sure we can learn a lot from it.
我確定我們能從這學到很多。

B：I'll say.
我同意。

A：I'm sure he is the man.
我確定他就是那個人。

B：Eh, he isn't? That's unbelievable!
咦，不是？真不敢相信！

A：I'm sure (that) you can't afford it.
我確定你付不起。

B：It's pretty expensive.
這太貴了。

句型方程式

主詞 ＋ be 動詞 ＋ afraid ＋（that）＋ 主詞 ＋ 動詞 ～.

　　想要委婉地提出異議、表示某種疑慮或歉意時，可用此句型。

　　「主詞＋be 動詞＋afraid ～」是「恐怕～」的意思，在口語中使用得非常廣泛。常見的用法是，當說話者猜想自己說出的事情，可能會讓對方不愉快、失望或為難，以及單純基於措辭禮貌時，都可用這個句型來緩和語氣。

句型開口說  MP3

A：Excuse me. I'm afraid you're in my seat.
對不起，你坐的是我的座位。

B：I'm sorry I've taken your place.
很抱歉我占了你的位子。

A：Excuse me. I'm afraid you can't smoke here. This is a non-smoking area.[1]
對不起，你不能在這裡抽菸。這裡是非吸菸區。

B：Sorry, I don't know.
很抱歉，我不曉得。

A：My girlfriend gave it to me for my birthday, so I decided to wear it today.
我女朋友送這條領帶當作我的生日禮物，所以我決定今天打上它。

B：I'm afraid your tie is crooked.
看來你的領帶歪掉了。

A：I'm afraid you don't see Susan's point.
恐怕你沒弄懂蘇珊的意思。

B：I'm in a mess.[2]
我真是一團亂。

補充 1：吸菸區是「smoking area」、
　　　　非吸菸區是「non-smoking area」。
補充 2：「mess」指狼狽的處境、一團糟的意思。

165

53 I'm ready ～
我準備好～

 句型方程式

| 主詞 | ＋ | be 動詞 | ＋ | ready | ＋ | to＋原形動詞
for＋名詞 | ～. |

　　想要表達「已準備好可以做某件事情的狀態」的時候，可用此句型。

　　「主詞＋be 動詞＋ready ～」是「已準備好做某事」的意思。這裡的 ready 是形容詞，表示「有準備的」之意，後面接 to 或 for，「be ready to＋原形動詞」，表示「準備好要～」；「be ready for＋名詞」，表示「為～準備妥當」。ready 也可描述情願做某事，是「樂意的、已有心理準備的」的意思。

句型開口說 🔊 MP3

A：Can you do me a favor?
你可以幫我嗎？

B：Sure, I'm always ready to help you.
當然，我隨時都很樂意幫你。

A：I'm ready for anything.
我已準備好面對任何事情。

B：Do your best and don't worry.
盡力而為，別太擔心。

A：I'm ready for tomorrow's presentation.
我準備好明天的簡報了。

B：Good luck.
祝你順利。

A：Are you ready to serve up?
你們準備好上菜了嗎？

B：Coming right up.
馬上就來了。

A：He is quite ready to do it for you.
他很願意為你做這件事。

B：I'd rather do it myself.
我寧可自己做。

I'm looking forward to ～
我很期待～

 句型方程式

主詞 ＋ be 動詞 ＋ looking forward to ＋ 名詞 動詞-ing ～ .

想表達對某個東西或某件事的期待時，可用此句型。

「主詞＋be 動詞＋ looking forward to ～」是「很期待～」的意思，後面接名詞或動詞-ing（動名詞），表達正在期待某事。這個句型如果使用現在式「I look forward to ～」，則會變成較為正式的商業書信用法，一般親友間不太這樣使用。

句型開口說 🔊MP3

A：Thank you so much for the lovely evening.
今晚很愉快，謝謝你。

B：Thank you for coming, I've been looking forward to seeing you for a long time.
謝謝你來，我一直期待著見到你。

A：He's looking forward to working with you.
他很期待跟你一起工作。

B：It's my honor.
這是我的榮幸。

A：Your favorite author is going to publish a new book.
你最喜歡的作者要出版新書了。

B：Yes, I'm looking forward to her new book.
對啊，我很期待她的新書。

A：We have to cancel the party tonight.
我們得取消今晚的派對。

B：That's too bad. Sarah was looking forward to this party.
太可惜了，莎拉很期待這場派對。

A：I'm really looking forward to seeing you!
我好期待跟你見面喔。

B：Me too.
我也是。

55 I'd like 〜
我需要〜

🐝 句型方程式

主詞	+	would like（'d like）	+	名詞 to＋原形動詞	〜.

客氣委婉地提出自己具體想要的某物，或提出請求、希望時，可用此句型。

「主詞＋would like 〜」是「我想要〜」的意思，用來傳達需要什麼、想做什麼。後面加「名詞」時，是「具體需要某樣東西」；後面加「to＋原形動詞」時，是「禮貌地提出邀請、請求或建議去做某事」。英文中「would like」片語等於「want」，表示「想要」的意思，所以一般也能用「I want 〜」，但這句話較為直接，不夠委婉，使用「I'd like 〜」會更客氣。將「I would like」說成或縮寫為「I'd like」會更口語化。would 是助動詞，所有人稱一律用 would like。

句型開口說 🔊 MP3

A：**I'd like a cheeseburger and a coke zero.**
我要一個起司漢堡和無糖可樂。

B：**Will that be all?**
這樣就可以了嗎？

A：**Yes, thanks.**
是的，謝謝。

A：**How would you like your steak?**
您的牛排要幾分熟？

B：**I'd like my steak medium.**[1]
我的牛排要五分熟。

補充1：牛排一分熟為 rare，
　　　　三分熟為 medium-rare，
　　　　五分熟為 medium，
　　　　七分熟為 medium-well，
　　　　全熟為 well-done。

A：**I'd like your opinion.**
我需要你的建議。

B：**Yes, no problem.**
沒問題。

A：**I'd like to return this.**
我想要退這個。

B：**Yes. Could I see your receipt?**
好的，我能看您的收據嗎？

A：**How lovely and handsome he is!**
他真是可愛又帥氣啊！

B：**I'd like to date with him.**
我想跟他約會。

I'd rather ～
我寧願～

🦋 句型方程式

主詞 ＋ would rather ('d rather) ＋ 原形動詞 ～ .

主詞 ＋ would rather ('d rather) ＋ 原形動詞 ～ （than）＋ 原形動詞 ～ .

　　想表示自己或某人的偏好、優先選擇，如「我寧願、我寧可」時，可用此句型。

　　「主詞＋would rather ～」是「寧願、比較想～」的意思，是常見的慣用句型，I'd rather 是 I would rather 的縮寫。rather 有「寧願、寧可、更」等意思，可以用來表示偏好。要在兩者之間進行取捨，則常與 than 合用，以表達不想要的理由或情況，即「主詞＋would rather＋原形動詞～ than＋原形動詞～」表示「寧願～也不要～」。would 是助動詞，所有人稱一律用 would rather。

句型開口說 🔊MP3

A：**She'd rather live by herself.**
她寧願獨立生活。

B：**That's good for her.**
那對她來說是好事。

A：**Will you go out to dinner with Joey tonight?**
你今晚要跟喬伊出去吃晚飯嗎？

B：**I'd rather work extra hours.**
我寧可加班。

A：**Want a cup of beer?**
要來杯啤酒嗎？

B：**I'd rather drink wine.**
我比較想喝紅酒。

A：**He'd rather go to work by scootor than by bus.**
他寧願騎機車也不願搭公車上班。

B：**Yeah, it's quick.**
是啊，這樣比較快

A：**Shall we go to a movie?**
我們去看電影好嗎？

B：**I'd rather stay at home than go out in such cold weather.**
這麼冷的天氣，我寧可待在家裡
也不願出門。

57 I can't believe ～
我不敢相信～

 句型方程式

主詞 ＋ can't ＋ believe ＋（that）＋ 主詞 ＋ 動詞 ～.

對某人所做之事感到不可置信時，可使用此句型。

「主詞＋can't believe＋（that）＋主詞＋動詞～」是「我不敢相信～」的意思，believe 後面接子句，就是讓人感到不敢相信的事情。此句型常用在當我們驚訝對方或是其他人做了件不可思議的事情時，語調上可誇大些。

句型開口說 MP3

A：He didn't show up last night.
他昨晚沒出現。

B：I can't believe (that) he stood you up. [1]
我不敢相信他放你鴿子。

A：I can't believe Henry and Molly got married this morning.
我不敢相信亨利和莫莉今天早上結婚了。

B：They belong together.
他們是天生一對啊。

A：I can't believe it's true.
我不敢相信這是真的。

B：What happened?
發生什麼事？

A：I can't believe they divorced.
我不敢相信他們離婚了。

B：There is a skeleton in every closet.
家家有本難念的經。

A：Have you heard about Frank?
你有法蘭克的消息嗎？

B：Yeah, I can't believe he quit his job.
有啊，我不敢相信他竟然辭職了。

• •
補充 1：「stand someone up」放（某人）鴿子、爽約的意思。

58 I can't stand ～
我無法忍受～

 句型方程式

主詞 ＋ can't ＋ stand ＋ 名詞
代名詞
to＋原形動詞
動詞-ing
～.

　　想表示不能忍受某個人、某東西或某件事情的時候,可用此句型。

　　「主詞＋can't stand ～」是「無法忍受～」的口語句型,stand 在否定句中表示「忍受、忍耐」的意思。此句型用於表達無法忍受、受不了某人、某物或做某事,stand 後面可接名詞、代名詞、不定詞（to＋原形動詞）或動名詞（動詞-ing）。

句型開口說 🔊 MP3

A：I can't stand this TV show.
我真受不了這個電視節目。

B：Then why don't you switch channels?
那你為什麼不轉臺？

A：I can't stand my boss. I quit.
我受不了我老闆。我不想幹了。

B：You'd better remember your bank account.
你最好多想想銀行帳戶。

A：She can't stand the noise of horns.
她無法忍受車子喇叭的噪音。

B：Me neither.
我也是。

A：I can't stand this mess of a room.
我不能忍受房間一團亂。

B：It's fine. It doesn't have a serious effect on your daily life.
還好啦。這對日常生活影響不大。

A：I can't stand people dropping litter.
我不能忍受人們亂丟垃圾。

B：It's a careless act.
這是隨便的行為。

59

I didn't mean to ～

我不是那個意思、不是故意～

 句型方程式

主詞 + didn't + mean + to + 原形動詞 ～.

　　想解釋自己不小心或非有意狀態下做了某件事的時候，可用此句型。

　　「主詞＋didn't mean to＋原形動詞～」是「不是故意～」的意思，mean 當動詞是「意欲、企圖」，to 後面接原形動詞。本句型表示事情已經發生（過去式），為自己解釋意圖，期望對方的諒解。當你犯下無心之過，或不小心觸怒到別人，可用這個說法表達自己並非有意如此。

句型開口說 🔊 MP3

A：I didn't mean to cause you any trouble.
我不是故意要麻煩你。

B：Never mind.
別在意。

A：I didn't mean to stand you up last night, but I had too much work to do.
我昨晚不是故意爽約的，我有太多工作要做了。

B：Next time please call when you are not going to show up.
下回你沒辦法來的話，請記得打個電話。

A：I'm sorry. I didn't mean to offend you.
抱歉。我不是有意冒犯你的。

B：That's okay. I don't blame you.
不要緊。我不怪你。

A：I didn't mean to hurt your feelings.
我無意傷害你的感情。

B：How can you be so cruel?
你怎麼能如此殘忍？

A：You just stepped on my foot.
你剛剛踩到我的腳了。

B：Sorry, I didn't mean to (do it).
抱歉，我不是故意的。

60 ～, too（either）
也是（也不是）～

句型方程式

主要子句（主詞＋動詞～）， and ＋ 主詞 ＋ be 動詞 / 助動詞 , too .

主要子句（主詞＋動詞～）， and ＋ 主詞 ＋ be 動詞 / 助動詞 ＋ not , either .

　　想要告訴對方自己也有同感時，肯定句用 too（也是）；否定句用 either（也不是）。

　　「～, too.」句型是用來表達「自己也是如此或有同感」之意。too 是「也是」的意思，用於肯定句，通常放在句尾；either 是「也不是」的意思，用於否定句，想要告訴對方「自己也有相同的負面或否定的感覺」。

　　口語裡常用的「Me too.」表示「我也是」，是延續前一肯定句的回答，例如 A 說「I like chips.（我喜歡洋芋片。）」B 如果也喜歡，則回答「Me too.（我也喜歡。）」若前一句是否定句，想向對方表達同樣的否定立場，則使用「Me either.（我也不喜歡。）」

句型開口說 🔊 MP3

A：**Kevin went to Hong Kong yesterday, and Mandy did, too.**
凱文昨天去香港，曼蒂也是。

B：**What a coincidence.**
好巧喔。

A：**Adam has been to Italy, and I have, too.**
亞當去過義大利，我也是。

B：**I do envy you.**
我真羨慕你們。

A：**I don't use an iphone anymore, and Jack doesn't , either.**
我不再用蘋果手機了，傑克也不用。

B：**Don't be kidding!**
別開玩笑了！

A：**Cathy is not a selfish person, and Tom isn't, either.**
凱西不是個自私的人，湯姆也不是。

B：**I agree.**
我同意。

A：**I'm happy it's Friday.**
我很開心今天是星期五。

B：**Me too.**
我也是。

描述情况

句型方程式

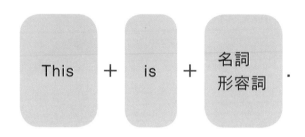

介紹人、物，或想告訴別人這是什麼時，可用此句型。

　　「This is ～」是「這個是～」的意思，this 是「指示代名詞」，用來指稱大家看得見的地方的人或東西。指較近的人或東西時，用 this（單數用）或 these（複數用）。否定句時，is 後面加 not（縮寫成 isn't）。

　　This 也可以放在名詞前面當作形容詞使用，句型表現是「This＋名詞＋is＋形容詞」。例：「This cat is cute.（這隻貓很可愛。）」從 this「這個」語意延伸用法，有「這裡」、「這位是」初次見面的人介紹時的說法，或講電話時指稱自己「我」，以及「今天」等用法。

句型開口說 🔊 MP3

A：Peter, this is my sister Susan, and that is my brother Matt. [1]
彼得，這位是我的妹妹蘇珊，那位是我的哥哥麥特。

B：Pleased to meet you.
很高興見到你們。

A：This is it. Taipei 101.
到了，臺北 101。

B：Thank you for the ride.
謝謝你送我來。

A：Do you have a Facebook account?
你有臉書帳號嗎？

B：Yes, this is my Facebook account.
有啊，這是我的臉書帳號。

A：Who is this?
請問是哪一位？

B：This is Kate Lin.
我是林凱特。

A：This apartment rent is too expensive.
這公寓房租太貴了。

B：How about finding a roommate?
找個室友如何？

• •
補充 1：本句中的「this／that」用來指 sister 和 brother。
　　　　sister 在旁邊，用 this；brother 離得較遠，用 that。

62 There is ～
有～

句型方程式

| There | + | is('s)
 are('re) | + | 單數名詞 / 不可數名詞
 複數可數名詞 | . |

　　想要表達「有」人、東西、事物時，都需要用到 there is（are）的句型。

　　there 原本是「那裡」地方副詞的意思，「There is（are）～」是「有」的意思，與「那裡」沒有任何關連。「There is ～」後面可接人、東西、事物等單數可數或不可數名詞，可以縮寫成「there's」；如要表達複數的概念可用「There are ～」句型，可以縮寫成「There're」。表達「沒有」的意思，使用否定句，在 be 動詞（is、are）的後面接 not。

句型開口說  MP3

A：**Look! There is a beautiful girl.**
看啊！有一個漂亮女孩。

B：**Really? Where?**
真的嗎？在哪裡？

A：**There is a black BMW by the gate.**
門旁邊有一臺黑色 BMW。

B：**That is Jack's new car.**
那是傑克的新車。

A：**There is a typhoon coming.**
有颱風要來了。

B：**When will it hit?**
什麼時候登陸。

A：**Very late tonight.**
今天午夜。

A：**There is a mistake on my phone bill.**
我的電話帳單有錯誤。

B：**Can I see your bill?**
可以看一下您的帳單嗎？

A：**I'm looking for a flight to New York.**
我想要買一張到紐約的機票。

B：**There are flights at noon and 9pm.**
中午和晚上九點有班機。

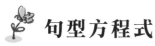

句型方程式

$$\boxed{\text{Here}} + \boxed{\begin{array}{c}\text{be 動詞}\\\text{動詞}\end{array}} + \boxed{\text{名詞}} \ .$$

$$\boxed{\text{Here}} + \boxed{\text{代名詞}} + \boxed{\text{動詞}} \ .$$

表示這裡有某樣東西，或回答「有沒有某樣東西？」的問題，可用此句型。

「Here is＋名詞」是「這裡有（這是）～」的意思，這句是口語中常使用到的句型。這種句型有強調某東西在這裡，不在那裡的意味，用來提醒對方的注意力。另一個常用的句型「Here＋動詞＋名詞」，意思是「～往這裡來」。若是「Here＋代名詞＋動詞」，意思則是「～在這裡」。

句型開口説

A：**The total comes to seven hundreds dollars, and you paid one thousand. Here's your change.**
一共是七百元，收您一千元。這是找您的錢。

B：**Thank you.**
謝謝。

A：**Any one have a stapler?**
有沒有人有釘書機？

B：**Here's a stapler.**
這裡有。

A：**Do you have a wine list?**
你們有沒有酒類目錄？

B：**Here is a wine list.**
這是酒類目錄。

A：**Here comes a man.**
來了一個人。

B：**Do you know that guy?**
你認識那個人嗎？

A：**Here you are.**[1]
這是您要的東西。

B：**Thanks.**
謝謝。

• •

補充 1：「Here you go.」或「Here you are.」表示「你要的東西在這裡」，當店員把你買的東西交到你的手上時，常說這個短句。

64 Because ～
因為～

 句型方程式

Because + 附屬子句（主詞＋動詞～）, 主要子句（主詞＋動詞～）.

主要子句（主詞＋動詞～）+ because + 附屬子句（主詞＋動詞～）.

說明原因或解釋狀況時，可用此句型表示理由或原因。

「Because ～」是「因為～」的意思，because 是「連接詞」，後面要接「附屬子句（主詞＋動詞～）」，透過 because 表示整個理由、說明原因或解釋。because 放在句首或句中都可以，放在句首時，附屬子句和後面的主要子句之間，要加上「逗號」來分開兩個句子。

句型開口說 🔊 MP3

A： Why are you so happy?
你為什麼那麼開心？

B： Because I got a new job.
因為我已經找到新工作了。

A： I'll stay home because I'm tired.
我會待在家，因為我很累。

B： Bye. Take it easy.
再見。多休息。

A： They don't like John because he is very selfish.
他們不喜歡約翰，因為他非常自私。

B： I think otherwise.
我有不同的想法。

A： Let's go out because it is fine.
我們出去吧，因為天氣這麼好。

B： That's a good idea.
這主意不錯。

A： Excuse me, can I talk to you?
對不起，能跟你說話嗎？

B： No, I'll talk to you later because I don't have time now.
不行，我晚點再跟你談，因為我現在
沒有時間。

65 When 〜
〜的時候

 句型方程式

| When | + | 附屬子句（主詞＋動詞〜） | , | 主要子句（主詞＋動詞〜） | . |

| 主要子句（主詞＋動詞〜） | + | when | + | 附屬子句（主詞＋動詞〜） | . |

　　說明兩種情況或兩個動作同時發生時，可用此句型。

　　「When 〜」意思是「當〜的時候」，when 是連接詞，用來連接兩件同時發生的事情，可用來形容兩個人在同一時間，發生不同或相同的事。when 通常有兩種位置引導附屬子句，可放句首或句中，放在句首時，附屬子句和後面的主要子句之間，要加上「逗號」來分開兩個句子。

句型開口說 🔊 MP3

A： Julia had a bad cold when I saw her.
當我見到茱莉亞時，她得了重感冒。

B： I hope she gets well soon.
希望她早日康復。

A： His face turned red when he described that girl to me.
他跟我形容那女孩的時候臉都紅了。

B： He fell in love with her.
他愛上她了。

A： When I got up, it was raining.
當我起床的時候，外面正在下雨。

B： The weather report says it's going to clear up.
但是氣象預報說會放晴。

A： When I was your age, we didn't have computers or Internet.
當我在你這個年紀，我們沒電腦也沒網路。

B： Then life must have been boring, Mom!
媽，那時的生活一定很無聊！

A： When you come to Taipei, please let me know.
當你來臺北的時候，請讓我知道。

B： I will.
我會的。

66 It's time ～
該是～的時候了

 句型方程式

| It's time | + | fo ＋代名詞 / 名詞
to ＋原形動詞 | . |

形容應該做什麼事情的時間到了，可用此句型。

「It's time ＋ for＋代名詞（名詞）～」是「某人該做～的時候了」的意思，for 後面接代名詞或名詞。另一種句型是「It's time＋to＋原形動詞～」，意思是「該是做～的時候了」。兩種都是很常見且實用的句型，我們生活中常說「睡覺時間到了」或「該是離開的時候了」，都意味著做某件事時機成熟了應該去做，此時可使用這個句型。

句型開口說  MP3

A：**Are you ready?**
準備好了嗎？

B：**Yes.**
是的。

A：**OK, it's time to act!**
好，該是行動的時候了。

A：**It's time for you to make a decision.**
是你該做決定的時候了。

B：**I don't know what to do.**
我不知道該怎麼辦。

A：**It's time for us to say goodbye. The dinner is delicious.**
該是我們說再見的時候了。晚餐非常可口。

B：**Thanks for your compliment.**
謝謝你的誇獎。

A：**It's time for you to go home.**
該是你回家的時候了。

B：**It's too early.**
太早了。

A：**It's time for us to get on the plane.**
是我們該上飛機的時候了。

B：**Let's go.**
我們走吧。

195

67

That sounds ～
聽起來很～

 句型方程式

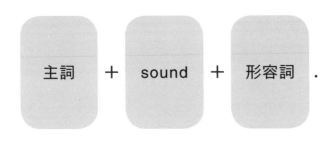

| 主詞 | + | sound | + | 形容詞 | . |

想表示「聽起來很～」時，可用此句型。

　　「主詞＋sound＋形容詞」是「聽起來很～」的意思，關鍵在 sound，是「聽起來」之意；sound 是此句的動詞，當主詞是第三人稱時，要用 sounds。中文裡表達的「那聽起來很無聊」、「那聽起來很貴」即是此句型，sound 是連綴動詞，後面接形容詞。

句型開口説  MP3

A：**I'm planning to go cycling around the island next month.**
我下個月打算騎單車環島。

B：**That sounds difficult.**
那聽起來很困難。

A：**I'm taking Rachel to the Maldives for vacation.**
我要帶瑞秋去馬爾地夫度假。

B：**That sounds fun, but it'll cost you an arm and a leg.**[1]
聽起來很好玩，但是那會花你很多錢。

A：**You sound depressed.**
你聽起來悶悶的。

B：**My father canceled our trip to Europe.**
我爸取消我們的歐洲之旅了。

A：**Want to have lunch together?**
要不要一起去吃午餐？

B：**That sounds great. When?**
聽起來不錯。幾點？

A：**Billy's announcement sounds definite.**
比利的聲明聽起來很明確。

B：**He's well prepared for it.**
他準備好了。

補充 1：「cost an arm and a leg」所費不貲、付出高昂代價的意思。

68 It seems to ～
好像、似乎～

 句型方程式

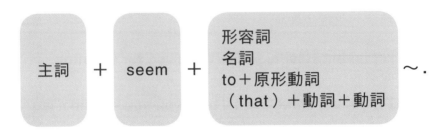

主詞 ＋ seem ＋ 形容詞 / 名詞 / to＋原形動詞 / （that）＋動詞＋動詞 ～.

　　想表示「看來好像～」帶有揣測的主觀感覺，可用此句型。

　　「主詞＋seem ～」是「看起來好像～」的意思，seem作「看來好像、覺得似乎」解釋，表示說話者主觀的判斷；seem 是此句的動詞，當主詞是第三人稱時，要用 seems。seem 後面可接形容詞、名詞、that 引導的子句（that 可省略），或不定詞（to＋原形動詞）。

句型開口說

A：You seem faraway. [1]
　你好像有心事。

B：I'm not.
　我沒有啊。

A：I seem to have a cold.
　我好像感冒了。

B：Don't stay up too late. Take care.
　別太辛苦了,早點休息。

A：It seems (that) it's up to you to decide.
　看起來好像應該由你決定。

B：I have no idea.
　我拿不定主意。

A：We've had this car for 7 years.
　我們這臺車已經七年了。

B：It seems just fine to me.
　我覺得它還是很好啊。

A：He seems (to be) honest. [2]
　他看起來很誠實。

B：In fact, he is a liar.
　事實上,他是個騙子。

- -
補充1:「faraway」遙遠的、恍惚的意思。
補充2:為了讓句子更簡潔,句中 to be 可省略。

69 It's too ～
太～

 句型方程式

It's too ＋ 形容詞 .

It's too ＋ 形容詞 副詞 ＋ to ＋ 原形動詞 .

想對某些人或事物做出形容或判斷，可用此句型。

「It's too＋形容詞」是「太～」的意思，可以用來形容某東西或某件事，例如：「It's too spicy.（這太辣了。）」「It's too heavy.（這太重了。）」

因為「太～」導致無法做某件事，可使用句型「It's too ＋形容詞＋to＋原形動詞～」表示「太～而不能～」。

句型開口說 🔊 MP3

A：I don't like winter. I feel it's too cold.
　　我不喜歡冬天。我覺得太冷了。

B：But we can go to a hot spring.
　　但是我們可以享受泡湯啊。

A：It's too difficult for me.
　　這對我來說太難了。

B：Don't give up so easily.
　　別輕易放棄。

A：You're too much.
　　你太過分了。

B：Why's that?
　　怎麼了？

A：Why not ask for your idol's signature?
　　你為什麼沒有要你的偶像的簽名呢？

B：Oh, I was too excited to remember it.
　　我太興奮所以忘了這件事。

A：The mattress is too heavy to carry.
　　這床墊太重了，我搬不動。

B：Let me help you.
　　讓我幫你吧。

70 It's kind of ～
有一點～

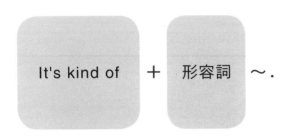

🦋 句型方程式

| It's kind of | + | 形容詞 | ～. |

通常用來形容事情、看法上，只有一點點怎麼樣，比如：「（看法上）有一點恐怖、（時間上）有一點晚……」可用此句型。

「It's kind of ～」是「有一點～」的口語句型，kind of 是「有一點、有幾分、稍微」的意思，後面接形容詞。常用來表示有一點怎麼樣的狀況，或沒有十足把握的時候，可以用 kind of 來緩和語氣。當用來表達情緒或看法時，通常只有一點點，並非很強烈的感受或評論。sort of 的意思與用法和 kind of 相同，故此句型與「It's sort of ～」通用。

句型開口說 🔊 MP3

A： I know it's kind of last minute, but I wonder if you wanted to pick up Betty. [1]
我知道有點臨時通知，但想知道你是否願意去接貝蒂？

B： I'd love to.
我很樂意。

A： Want to hang out?
要出來晃晃嗎？

B： It's kind of late.
有點晚了。

A： Do you like the soap opera?
你喜歡肥皂劇嗎？

B： It's kind of boring. But my mom likes it.
有點無聊。但我媽喜歡看。

A： What's the matter?
這是怎麼回事？

B： No idea. It's kind of awkward.
還不清楚。有點棘手。

A： Do you like sashimi?
你喜歡生魚片嗎？

B： Kind of. [2]
還好啦。

補充 1：「last minute」是指最後一刻，時間上有點匆忙、緊急。
補充 2：有一點點喜歡，回答「Kind of.」可讓句子簡短口語化。

71 It's not so ～
沒那麼～

句型方程式

主詞 ＋ be 動詞 ＋ not ＋ so ＋ 形容詞 ～.

　　表示某個人、某件事其實「不是那麼～」的時候，可用此句型。

　　「主詞＋be 動詞＋not＋so＋形容詞～」是「這沒那麼～」的意思，not so 指「不是那樣」，表達或說明某個人、某件事並不是那個樣子的感覺。

句型開口說 MP3

A：I think it's not so hard to say "I love you."
我想，說句「我愛你」沒那麼困難吧。

B：It's hard for me.
對我來說有點難。

A：You didn't eat much.
你吃得不多。

B：I'm not so hungry.
我還沒那麼餓。

A：Is the curry too spicy?
這咖哩會不會太辣啊？

B：No, it's not so spicy.
不會啦。沒有那麼辣。

A：A taxi is too expensive.
計程車太貴了。

B：It's not so expensive. And we don't have time.
其實沒那麼貴。而且我們沒有時間了。

A：Frank is not so mean.[1]
法蘭克其實沒那麼自私。

B：I'm afraid you're mistaken.
恐怕你錯了。

．．．．．．．．．．．．．．．．．．．．．．
補充 1：「mean」當作形容詞的意思為「斤斤計較、自私的」。

72 It depends on ～
看～而定

 句型方程式

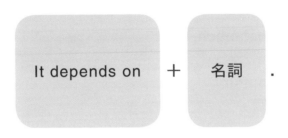

> It depends on ＋ 名詞 ．

有時無法做決定，必須「視情況而定」時，可用此句型。

「It depends on＋名詞」是「依～而定」的意思。depend on 表示「依賴」、「取決於」或「視～而定」等意，後面加名詞。這個句型一般表達事情很難說、現在暫時無法下結論，最後的決定或結果，要看某一種情況或條件而定。而口語中常說的「It's up to you.」和「It depends on you.」用法和意思相同，都是「你決定吧！」的意思。

句型開口說 MP3

A：**Will you still go surfing this Saturday?**
這星期六你們還是要去衝浪嗎？

B：**It depends on the weather.**
視天氣狀況而定。

A：**When do we start to make scones?**
我們什麼時候開始做司康餅？

B：**It depends on you.**
給你決定。

A：**Have you bought a new coffee machine?**
你已經買新咖啡機了嗎？

B：**Not yet. It depends on the price.**
還沒呢。要看價格決定。

A：**When will you take a business trip to Germany?**
你什麼時候去德國出差？

B：**It depends on my schedule.**
要視我的行程而定。

A：**I heard that we decided to break up the partnership with Alex.**
我聽說我們要和艾力克斯終止合作關係。

B：**Not necessarily so. It depends on the conditions.**
也不盡然。要看條件來做決定。

句型方程式

$$\text{Maybe} \; + \; 主詞 \; + \; 動詞 \; \sim .$$

　　想表示類似「或許你是對的」的不確定狀態，但有這個可能性的時候，可用此句型。

　　「Maybe＋主詞＋動詞～」意為「或許～」，maybe 是副詞，有「也許、大概、可能」等意思。maybe 常用在句首，可用來指過去、現在或未來的事件，也用於禮貌的建議或請求。

句型開口說 MP3

A：I can't find my car keys anywhere.
我到處找不到車鑰匙。

B：Maybe you lost them again.
可能你又把它弄丟了。

A：Maybe you are right.
或許你是對的。

A：I'm gonna open up a coffee shop. Maybe I'd better learn to make dessert and brew coffee.
我想要開咖啡店。或許我最好該去學做甜點和煮咖啡。

B：Maybe you should carry out your plan step by step.¹
也許你應該逐步執行你的計劃。

A：What's wrong with Joyce? I don't get it. She gets mad over everything I do.
喬伊絲怎麼了？我不懂，我做什麼她都生氣。

B：Maybe she's having her period.²
大概是她的「好朋友」來了。

A：How's the weather today?
今天天氣怎麼樣？

B：Maybe it will rain tonight.
今晚可能會下雨。

• •
補充 1：「carry out」執行、實現的意思。
補充 2：「period」月經。

209

74 ～ after all
到頭來、畢竟、終於～

 句型方程式

主詞 ＋ 動詞 ～ after all .

After all , 主詞 ＋ 動詞 ～.

　　表達某件事情經歷一番過程，最後仍回到原點或是原來的決定時，可用此句型。

　　「主詞＋動詞～ after all」是「結果、畢竟～」的意思，通常用來表示事情經過轉折，結果還是回到原點。after all 是片語，意指「終究、畢竟、結果」，位置可放在句首或句尾。after all 還有另一種意思，是為了提醒對方要記住某個重點，例如：「He is eight years old after all.（畢竟他才八歲。）」

句型開口説 🔊 MP3

A：**You made it after all!**
你終於成功了！

B：**Thanks to you, I made it.**
有你的幫忙，我才能做到。

A：**So you've come after all.**
終究你還是來了啊。

B：**I can't resist.**
我情不自禁。

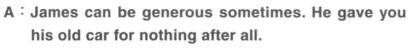

A：**James can be generous sometimes. He gave you his old car for nothing after all.**
詹姆士有時也很大方。畢竟他把他那臺舊車免費送給你。

B：**I think so, too.**
我也是這麼想。

A：**What a shame! I heard your proposal was rejected.**
真可惜。我聽説你的提案被駁回了。

B：**That's all right. After all, tomorrow is another day.**
還好啦，反正明天又是新的一天。

A：**You'll have better luck next time.**
下次你會好運一點。

75 ～ as 形容詞 as ～
與～一樣～

 句型方程式

主詞 + be 動詞 + as + 形容詞 + as + 名詞 代名詞 .

　　表示兩者並駕齊驅的狀態，或兩者都一樣好的時候，可用此句型。

　　「主詞＋be 動詞＋as＋形容詞＋as ～」是「與～相同」的意思，如果面臨兩個選擇都不錯，或是兩者都一樣棒，可以用本句型婉轉表達。as ～ as 是「與～一樣」的意思，指「與～相同的人或事物」，第一個 as 是副詞，後面接要比較的項目，通常是形容詞，第二個 as 為連接詞，後面接名詞或代名詞。

句型開口説 🔊 MP3

A：He is as hard-working as an ant.
他像螞蟻一樣努力工作。

B：Definitely.
絕對是的。

A：You are as beautiful as an angel.
你像天使一樣美麗。

B：How sweet of you. [1]
你真貼心。

A：I'll be as quiet as a mouse. [2]
我會靜悄悄的。

B：Like what?
怎麼説。

A：I'm giving her a surprise.
我想給她一個驚喜。

A：He is as smart as Einstein.
他像愛因斯坦一樣聰明。

B：You're right.
你説得對。

• •
補充 1：「How ～ of you.」意思是「你真～」。
補充 2：「be as quiet as a mouse」字面意思是像
老鼠一樣安靜，因為老鼠總是偷偷摸摸在
夜裡行動，用此比喻「靜悄悄的」。

詢問

76 May I ～ ?
請問我可以～嗎？

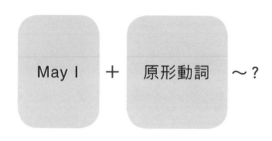

想要請求他人許可時，可使用此句型。

　　「May I＋原形動詞～？」是「我可以～嗎？」的意思，這是請求對方允許的客氣用法。想要在舉止與語言上，表現優雅而客氣，可多使用這個句型。回答詢問時，如果同意我們可以説「Yes, you may.（是，可以。）」也可以用「Of course.（當然。）」或「Yes, please.（好，請。）」；如果不同意，可説「No, you may not.（不，你不可以。）」或「I'm afraid you can't.（恐怕不行。）」

句型開口説

A：**Sir, may I help you?**
先生，我可以幫你什麼忙嗎？

B：**Yes, I'm looking for a wallet.**
是的，我想買一個皮夾。

A：**May I have a cup of espresso?**
我可以來一杯義式濃縮咖啡嗎？

B：**Yes, I'll get it ready for you.**
好的，我將幫你準備。

A：**May I smoke here?**
我可以在這裡抽菸嗎？

B：**No smoking here.**
這裡不能抽菸。

A：**May I take a day off?**
我能休假一天嗎？

B：**Yes, you may.**
是的，可以。

A：**May I go to the annual sale with you?**
我可以跟你一起去週年慶嗎？

B：**No, you may not.**
不可以。

77 Is it OK ～ ?
請問我能～嗎？

句型方程式

Is it OK ＋ if ＋ 主詞 ＋ 動詞 ～ ?

想向人提出請求或許可時，可用此句型。

「Is it OK＋if＋主詞＋動詞～？」屬於「請求」的句型，
是「請問我能～？」的意思，用在向人提出請求或許可時，
這是禮貌客氣的用法。當對方這樣問，我們可以回答「Sure.
（當然可以。）」「Yes, please.（好，請。）」或是「No
problem.（沒問題。）」；如果不同意，可以回答「I'm
afraid not.（恐怕不行。）」婉轉拒絕。同樣表示「請求」的
句型，還有「May I～？」「Could I～？」都是「請問我可
以～？」的意思。

句型開口說 🔊 MP3

A：**Is it okay if I turn off the television?**
請問我能關掉電視嗎？

B：**Sorry, I'm watching Jamie Oliver.**
抱歉，我正在看傑米奧利佛。

A：**Is it OK if I take a few days off next month?**
我下個月可以休幾天假嗎？

B：**I'm afraid not.**
恐怕不行。

A：**Is it OK if I call you Jude?**
我可以稱呼你裘德嗎？

B：**Sure.**
當然可以。

A：**Is it OK if I use your computer?**
我可以用你的電腦嗎？

B：**Help yourself.**
你自己來。

A：**Is it OK if my sister comes along?**
請問如果我妹妹一起來行嗎？

B：**No problem.**
沒問題。

78 Would you like ～ ?
你需要～？

 句型方程式

Would you like ＋ 名詞／to＋原形動詞 ～?

想詢問別人的意願（是否想要什麼），或禮貌地提出邀請、請求時，可用此句型。

「Would you like ＋名詞？」是「你需要～嗎？」的意思，詢問對方是否需要什麼，是「具體」想要某樣東西。「would like」片語與「want」同義，但語氣比「want」委婉、有禮貌。回答時，如果是肯定，用「Yes, please.（好。）」如果是否定，可用「No, thanks.（不，謝謝。）」「Would you like ＋ to ＋原形動詞？」是「你要不要～？」的意思，表示禮貌地提出邀請、請求去做某件事。回答時，如果是肯定，用「Yes, I'd love to.（好，我很樂意。）」「Sure.（好。）」或「Why not?（為什麼不呢！好啊！）」如果是否定，可用「No, thank you.（不，謝謝。）」或是委婉地回答「I'd like to. But ～（我很想，但是～）」

句型開口説

A：**Would you like some milk tea?**
你想喝點奶茶嗎？

B：**No, thanks. I'd prefer coffee.**
不，謝謝。我比較喜歡咖啡。

A：**Would you like some help?**
你需要幫忙嗎？

B：**Yes, please.**
是的，請幫我一下。

A：**Would you like to go climbing on Sunday?**
你要不要星期日去爬山呢？

B：**Why not?**
為什麼不呢？

A：**Would you like a ride?** [1]
你想去兜風嗎？

B：**Yes, I'd appreciate it very much.**
想，太感激了。

A：**Would you like to have a drink after work?**
下班後去喝一杯怎麼樣？

B：**Sure.**
好啊。

• •
補充 1.：「ride」此處為名詞，指開車、騎車（馬）旅行，
或兜風的意思。

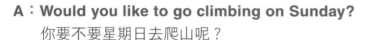

79 What is ～ like?
～怎麼樣呢？

 句型方程式

| What | + | is | + | 名詞 | + | like | ? |

　　想知道人或事是怎麼樣，或天氣的狀況如何時，這是常用的句型。

　　「What＋is＋名詞＋like?」是「～是什麼樣子？」的意思，其中 like 是介系詞，表示「像～什麼樣子」。本句型可以用來詢問人或事物。對人的詢問，可指人的性格、外表、能力，或給人的印象；或是詢問事物的性質、特徵、要求對特定事物進行描述說明；除此之外，也可詢問天氣的狀況。

句型開口説 🔊MP3

A：**What is your life like?**
你的生活過得怎麼樣呢？

B：**I'm getting by.**[1]
還過得去。

A：**What is your new neighbor like?**
你的新鄰居怎麼樣？

B：**He is kind.**
他很友善。

A：**What is the weather like tomorrow?**
明天的天氣怎麼樣呢？

B：**The weatherman said it would rain.**
氣象預報員說會下雨。

A：**What was Rose's wedding like?**
蘿絲的婚禮如何？

B：**It's very warm and moving.**
很溫馨感人。

A：**What is your new car like?**
你的新車開起來怎麼樣？

B：**Fantastic!**
棒極了！

• •
補充 1：「get by」在此句中，指過活、過得去的意思。

80 What kind of ～ ?

哪一種～？

 句型方程式

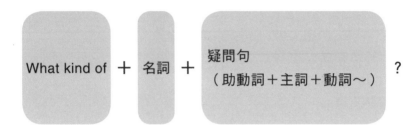

What kind of ＋ 名詞 ＋ 疑問句（助動詞＋主詞＋動詞～） ？

想知道對方需要或喜歡「哪一種」，可用此句型。

「What kind of＋名詞～？」哪一種東西是你需要（或喜歡）的意思，這是非常實用的句型，舉凡工作、電影、音樂、運動、食物、飲料、興趣、花⋯⋯等名詞皆可用此句詢問，可以讓談話雙方更加了解彼此的喜好。

句型開口說 🔊MP3

A：**What kind of sport do you like?**
你喜歡哪一種運動呢？

B：**I like riding bicycles.**
我喜歡騎單車。

A：**What kind of black chocolates do you have?**
你們有賣哪一種黑巧克力？

B：**For yourself, or a gift?**
是買給你自己的，還是要送人？

A：**What kind of jewelry do you like?**
你喜歡哪一種珠寶？

B：**I like the diamonds.**
我喜歡鑽石。

A：**Can I help you?**
有什麼需要嗎？

B：**Yes. What kind of wine do you sell?**
你們有賣哪些葡萄酒？

A：**What kind of music do you like best?**
你最喜歡哪一種音樂？

B：**I am a big fan of classical.**
我非常喜歡古典樂。

81 Have you ever ～ ?
你曾經～嗎？

 句型方程式

Have you ever	＋	**動詞過去分詞** ～？

　　詢問他人對某件事的經歷「有經驗嗎？」的時候，可用此句型。

　　「Have you ever＋動詞過去分詞～？」是「你曾經～嗎？」的意思，是會話裡常用來詢問經驗的句型。ever 表示「曾經」，含有「到現在為止的經驗」的意思，經驗屬於過去已經發生的事，要詢問他人到目前為止是否有某件事的經驗時，需用現在完成式，因此，後面要接動詞的過去分詞。

句型開口說 MP3

A：**Have you ever been to New York?**
你曾到過紐約嗎？

B：**No, I've never.**
不，我沒去過。

A：**Have you ever sat up late at night?**
你曾熬夜過嗎？

B：**Yes, I have.**
有啊。

A：**You have not been paid for overtime hours. Have you ever thought about quitting your job?**
你加班沒有加班費。你有沒有想過要辭職？

B：**Yes, I have. But I thought about the depression and decided not to.** [1]
我有想過。但考慮到時機不好便作罷了。

A：**Have you ever been on a hot air balloon?**
你曾經坐過熱氣球嗎？

B：**Yes, I've tried once.**
有啊，我坐過一次。

A：**Have you ever taken a first class flight?**
你曾搭過頭等艙嗎？

B：**Not a chance.**
想都別想。

• •
補充 1：「think out」仔細考慮的意思。

227

How should I ～ ?
我該如何～？

 ## 句型方程式

How should I ＋ 原形動詞 ～?

　　詢問別人該怎麼做才能達到目標，或是該如何才是最好的狀況時，可使用此句型。

　　「How should I ＋原形動詞～？」是「我該如何～？」的意思，通常用來詢問他人意見，該如何做才能達到目標。

句型開口說 🔊MP3

A：**How should I get to Taipei City Hall?**
我該如何去臺北市政府？

B：**Take the MRT.**[1]
可以搭捷運過去。

A：**How should I know what kind of proposal my boss would accept?**
我要怎麼知道老闆會通過什麼樣的企劃書？

B：**Maybe you should discuss with your mates, it's a part of teamwork.**
或許你應該跟同事討論一下，這是團隊合作的一部分。

A：**How should I promote our new products?**
我該如何宣傳我們的新產品？

B：**Did you try the Facebook fan page?**
你試過臉書粉絲專頁嗎？

A：**I just put my movie ticket here. Where is it?**
我剛把電影票放在這，票在哪？

B：**How should I know?**[2]
我怎麼知道？

• •

補充 1：「MRT」是「大眾快速運輸（Mass Rapid Transit）」的縮寫。
補充 2：這短句可用在，被問到不清楚的事或別人
　　　　有點怪罪自己的時侯。

句型方程式

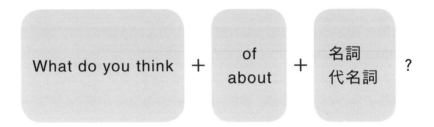

What do you think + of / about + 名詞 / 代名詞 ?

　　詢問別人的看法，例如：「你認為這部電影怎麼樣？」可用此句型。

　　「What do you think ～？」是「你認為～怎麼樣？」的意思，think 作「認為」解釋，本句型是用來徵詢對方意見或意向的慣用語，詢問對某件事或某個人的看法與態度，think後面接介系詞 of 或 about，介系詞後則大多接名詞或代名詞。

句型開口說 MP3

A：What do you think about Rubber Duck?
你覺得黃色小鴨怎麼樣？

B：Oh, that's endearing! [1]
哦，真的很討人喜愛！

A：What do you think of yoga?
你覺得瑜珈怎麼樣？

B：That's a good way to relax the body.
是個放鬆身體的好方法。

A：What do you think about our new decoration?
你覺得我們的新裝潢怎麼樣？

B：It's gorgeous. [2]
太漂亮了。

A：What do you think of his repeated tardiness?
你對他老是遲到有什麼看法？

B：It's awful.
很糟糕。

A：What do you think of a quick drink?
你覺得小酌一杯怎麼樣？

B：Sounds good.
好啊。

補充 1：「endearing」得人心的、可愛的、討人喜愛的意思。
補充 2：「gorgeous」可用來形容美麗、漂亮的人事物，
　　　　比 beautiful 和 pretty 還更漂亮一點。

84 Do you mean ～ ?
你的意思是～？

 句型方程式

| Do you mean | ＋ | （that）＋主詞＋動詞
名詞 | ～？ |

　　當聽不清楚，需要確認對方所表達的意思時，可用此句型。

　　「Do you mean ～ ?」是「你的意思是～？」的意思，mean 是「表示～的意思」。日常談話中有聽不清楚時，可以用這句「Do you mean ～ ?」禮貌地再跟人家確認對方話中的意思。回答此問句，如是肯定，則答「Yes.（是。）」；反之，則可用「No, I don't mean it.（不，我不是這個意思。）」回答。

句型開口説 🔊 MP3

A：**Do you mean you want to work in Australia?**
你是説你要去澳洲工作？

B：**Yes. I want to make more money and experience a different culture.**
是的，我想要多賺點錢和體驗不同的文化。

A：**Do you mean that the marketing project won't be finished until November？**
你的意思是説行銷企劃要到十一月才能完成嗎？

B：**No, I don't mean it.**
不，我不是這個意思。

A：**Did you see the watch while we window-shopped last night?**
你有看到昨晚我們逛商店櫥窗時看到的錶嗎？

B：**Do you mean you're interested in it? It must cost a lot.** 你的意思是你有興趣嗎？那一定很貴。

A：**Do you mean Mr. Lin or Mr. Li?**
你是指林先生還是李先生？

B：**I mean Mr. Lin.**
我是指林先生。

A：**Let's get married!**
我們結婚吧！

B：**Do you mean it?**
你當真嗎？

233

85

Didn't you ～ ?
你不是已經～？

 句型方程式

Didn't you ＋ 原形動詞 ～ ?

　　預期、希望得到肯定的答案，或證實自己的想法時，可用此句型。

　　「Didn't you ＋原形動詞～？」是「否定疑問句」，表示「你不是已經、你難道沒有～？」的意思。回答時，與一般疑問句相同，如果答案是肯定的，用「Yes, I did.（不，我已經～）」；如果答案是否定的，則用「No, I didn't.（是，我沒有～）」。

句型開口説 MP3

A：Didn't you hear about Dell?
你沒聽説戴爾的事情嗎？

B：Yes, I did. He hit the jackpot.[1]
不，我聽説了。他中了樂透頭獎。

A：Didn't you see the baseball game last weekend?
你上週末沒看棒球賽嗎？

B：No, I didn't.
是啊，我沒有看。

A：Didn't you get a free concert ticket?
你難道沒有拿到一張免費的演唱會門票嗎？

B：Yes, I did.
不，我拿到了。

A：Didn't you have dinner?
你不是吃過晚飯了嗎？

B：No, I didn't.
是，我還沒吃。

A：Didn't you complain about that?
你不是已經投訴那件事嗎？

B：Yes, I did.
不，我投訴了。

補充 1：「hit the jackpot」可以表示中了彩券頭獎或
發了一筆大財外，也能表示取得極大的成功、
得償所願或是突然有了好運氣。

86 ～ , isn't it?

～，是吧？

 句型方程式

肯定敘述句，用否定附加問句

It is ～	isn't it
You are ～	aren't you
He / She is ～	isn't he / she
You do ～	don't you
He / She does ～	doesn't he / she
You did ～	didn't you

，
?

否定敘述句，用肯定附加問句

It isn't ～	is it
You aren't ～	are you
He / She isn't ～	is he / she
You don't ～	do you
He / She doesn't ～	does he / she
You didn't ～	did you

，
?

口語中，常用來確認事情的真實性，或徵求同意的附加問句。

　　「It is ～ , isn't it?」句型是「它是～，是吧？」的意思，在敘述句後面所附加的問句，叫做「附加問句」，主要是對不確定的事做進一步的確認，或徵求對方同意的一種簡單句。如果是肯定敘述句，後面要加上否定的附加問句，be 動詞或助動詞和 not 縮寫；否定敘述句，則接肯定的附加問句。除此之外，附加問句一定要使用人稱代名詞（he、she 等）。回答時，不管敘述句的語氣，只要答案是肯定的，就一律使用「Yes」，答案是否定的，則使用「No」來回答。

句型開口說

A：It's very hot today, isn't it?
今天很熱，對吧？

B：No, it's not.
不，今天不熱。

A：You aren't busy, are you?
你不忙，對吧？

B：Yes, I am.
不，我很忙。

A：George Clooney is handsome, isn't he?
喬治克隆尼很帥，對吧？

B：Yes, he is.
對啊，他很帥。

A：Lisa has great power, doesn't she?
麗莎有很大的權力，對吧？

B：Yes, she does.
是啊，她有。

A：Nobody came when I was out, did they?
我外出的時候，沒有人來吧？

B：No, they didn't.
是，沒有。

建議、
假設、
比較

87 Let me ～
讓我～

 句型方程式

Let ＋ 受詞 ＋ 原形動詞 ～.

　　想表達「讓我來做」的想法時，就大方說出「Let me do it.（讓我做做看。）」

　　「Let ＋受詞＋原形動詞～」是「讓～做～」的意思。句首的 let 意思是「讓」，let 是使役動詞，後面受詞常為人，受詞後面接原形動詞，表示讓某人去做某件事，帶有建議、許可的意味。

句型開口說 🔊 MP3

A：I feel really sick.
我覺得很不舒服。

B：Let me take your temperature.
我來幫你量體溫。

A：I won't be coming in. I have an emergency to take care of.
我不能來。我有一件急事要處理。

B：Ok, well, let me know when you can return.
好,那你能來的時候通知我。

A：Let me pick up the check. I'll treat you tonight.
帳單給我,今晚我請客。

B：All right, if you insist. But it will be my treat next time.
好啊,如果你堅持要請,但是下一次輪到我請客。

A：Let me know when you're ready.
你準備好的時候,讓我知道。

B：I'll call you back.
我會打電話給你.

A：May I help you?
我能為你服務嗎?

B：Let me see the latest tablet computer.
讓我看看最新款的平板電腦。

Let's ～
讓我們來做～

 句型方程式

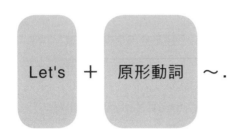

$$\boxed{\text{Let's}} + \boxed{\text{原形動詞}} \sim.$$

提議大家一起從事什麼活動或做某件事時，可用此句型。

　　「Let's＋原形動詞～」是「讓我們來做～」的意思，表示一種建議，屬於祈使句，後面接原形動詞。let's 是 let us ～的縮寫，用來向人提出建議或是命令，表示「讓我們來做某件事」。回答時，表達肯定可用「Why not!（有何不可！好啊！）」「Sure.（好。）」或「That's a good idea.（好主意。）」；否定可用「No, let's not.（不，我們別這樣做。）」或「No, I don't want to.（不，我不想這樣做。）」

句型開口說 🔊 MP3

A：I'm so tired. Let's turn off the lamp and go to sleep.
我很累,讓我們關燈睡覺吧。

B：All right.
好。

A：Let's get together at least once a year.
讓我們最少一年聚一次。

B：That's a good idea.
這是個好主意。

A：Let's go shopping. I don't have many outfits.
我們去逛街吧。我沒什麼衣服了。

B：I need to redo my wardrobe, too.¹
我也該添些新裝了。

A：Let's grab something to eat!²
我們隨便找點東西果腹吧。

B：Why not.
好啊。

A：Let's go have dinner.
我們去吃晚餐吧。

B：I don't feel hungry.
我不餓。

• •

補充1：「outfit」和「clothes」都是指一件件的衣服。
　　　「wardrobe」則是指所擁有的全部服飾。
補充2：「grab something to eat」指這一頓飯隨便解決,
　　　可能是在便利商店或路邊攤吃點東西。

243

 句型方程式

$$主詞 + should + 原形動詞 ～.$$

想要建議、勸別人做某件事，或給意見時，可用此句型。

「主詞＋should＋原形動詞～」是「應該～」的意思。助動詞 should 有義務的含意在，相當於「應該～」、「最好～」的意思，有規勸對方最好或應該做某件事的口氣，是給意見時常用的句型。無論主詞是第幾人稱，助動詞 should 之後都是接原形動詞。否定句用 should not（shouldn't），表示不應該之意。

句型開口說 ◀)) MP3

A： I'm going to be late. You should hurry up.
我要遲到了啦，你應該加快速度。

B： I'll be right out.
我馬上出來。

A： We should take a break. Are you hungry?
我們應該休息一下，你餓不餓？

B： I'm starved. What about you?
我餓扁了，你呢？

A： You should find a new job.
你應該找新份工作。

B： Why?
為什麼？

A： You always have to work overtime. You don't have
time with me.
你總是要加班，都沒有時間陪我。

A： I'm sorry about spilling coffee on your white T-shirt.
很抱歉，我打翻了咖啡在你的白 T 恤上。

B： You should be more careful.
你應該要更小心。

A： We should keep our promise.
我們應該信守承諾。

B： Of course.
當然。

90 You must ～
你必須～

 句型方程式

主詞 ＋ must ＋ 原形動詞 ～．

　　想要表達決意完成的任務，或命令別人做某件事時，可用此句型。

　　「主詞＋must＋原形動詞～」是「必須～」的意思。助動詞 must 表示「義務或責任上一定要去做」的意思，相當於「必須要～」；另一種是推測之用，表示「一定是～」的意思。無論主詞是第幾人稱，助動詞 must 之後都是接原形動詞。否定句用 must not（mustn't），表示不應該、不許、不准等意。

句型開口説  MP3

A：We all must answer for our actions.
我們都必須為自己的行為負責。

B：You're right.
你説得沒錯。

A：We must put bounds to our spending.[1]
我們必須節省花費。

B：Why's that?
怎麼説？

A：Because the raise of both gas and electricity.
因為油電費雙漲啊。

A：I've got iphone5.
我已經拿到 iphone5 了。

B：That must cost a lot.
那一定花了不少錢。

A：Sting will perform in Taipei in the early December.
史汀十二月初將在臺北表演。

B：You must be happy.
你一定很開心。

A：Is Mike in?
麥可在嗎？

B：You must have a wrong number.
你一定是打錯電話了。

....
補充 1：「put bounds to」是「限制」的意思。

247

91 You'd better ～
你最好～

 句型方程式

| 主詞 | + | had better ('d better) | + | 原形動詞 | ～. |

希望或建議某人怎麼做，可用此句型。

「主詞＋had better＋原形動詞～」是「～最好做某件事～」的意思。「had better」是對當下或未來做提議、勸告或命令，後面一律接原形動詞，句型中的 had 不可用 have 替換。此句型較適用於平輩或晚輩，若想讓語氣和緩一點，可在前面加 I think。如果希望對方或某人「不要」這麼做，則將 not 放在 had better 後面，即「You'd better not ～（你最好不要～）」

句型開口說 🔊 MP3

A：I'm getting fatter and fatter. What should I do?
我愈來愈胖了，怎麼辦？

B：You'd better quit late-night suppers and do more exercise.
你最好戒吃宵夜多運動。

A：You have a history of asthma. You'd better not go out today.
你有氣喘病史。你今天最好不要外出。

B：What do you mean?
怎麼說？

A：There's a sandstorm.
有沙塵暴。

A：We'd better keep silence.
我們最好保持沉默。

B：You're right.
你說得對。

A：I just got off work. I'll be there soon.
我剛下班，很快就到了。

B：We're late. We'd better take a taxi.
我們遲到了，我們最好搭計程車過去。

A：No problem.
沒問題。

92 Why don't you ～?
你為什麼不～?

 句型方程式

Why don't you ＋ 原形動詞 ?

想要提議或建議某人做某事時，可用此句型。

　　「Why don't you＋原形動詞～?」是「你為什麼不～?」
或「你何不～?」的意思，表面上是詢問對方，但其實已經
給對方建議或選項了。這個句型是一個很常用的日常用語。
另外，在英文裡「Why not ～?」與「Why don't you ～?」
是同義句型，not 代替 don't you，都是「為什麼不～?」的
意思，「Why not」後面也是接「原形動詞」。

句型開口說 ◀MP3

A：**You don't look very good.**
你看起來很不對勁。

B：**I guess I have a cold. I feel terrible.**
我想我是感冒了。我覺得很難過。

A：**Why don't you go home and sleep?**
你何不回家睡個覺？

A：**Why don't you come with us to take the Ferries wheel?**
你何不跟我們去搭摩天輪呢？

B：**All right, that sounds good.**
好吧，聽起來不錯。

A：**Why don't you buy a new car?**
你為什麼不買新車呢？

B：**I can't afford it.**
我無法負擔。

A：**Why don't you try this on?**
你何不試穿這件？

B：**OK, let me try.**
好，讓我試試。

A：**Hey Paul. Let's go. We're going to the pub.**
嘿，保羅，走吧。我們去酒吧。

B：**Why don't you guys go without me?**
你們去就好了，我不去了。

93 How about ～ ?
～如何？

 句型方程式

徵求意見、詢問消息或提出提議，多數情況是表達「建議和對方一起做某事」，可用此句型。

「How about ～？」是「你認為～怎麼樣？」的意思，about 是介系詞，後面接名詞或動詞-ing。「How about＋名詞～？」是詢問對方的看法；「How about＋動詞-ing ～？」是表達某個建議或請求。回答時，如果願意可說「I'd love to.（我很樂意。）」「Sure.（好）」「That's a good idea.（好主意。）」。如果不行的話可答「I'm sorry I can't make it.（對不起我沒辦法。）」

句型開口說 🔊 MP3

A：How about some delicious handmade apple pie?
來些美味的手工蘋果派如何？

B：I'd love to.
我很樂意。

A：What movie do you want to see?
你想看哪部電影？

B：How about "Argo"?
《亞果出任務》怎麼樣？

A：How about going to Hokkaido this Christmas?
今年聖誕節去北海道如何？

B：Why not? You've got a deal.
有何不可？一言為定。

A：How about driving to Taitung?
開車去臺東怎麼樣？

B：Driving? The distance is too far. I'm sorry I can't make it.
開車去？距離太遠了，對不起我沒辦法。

A：How about Sunday afternoon?
星期天下午怎麼樣？

B：Sunday afternoon would be fine.
星期天下午沒問題。

94

Suppose ～ ?
如果～？

 句型方程式

Suppose ＋（that）＋ 主詞 ＋ 動詞 ～ , wh- 疑問句 ～ ?

假設如果發生什麼事，該怎麼辦時，可用此句型。

「Suppose ＋（that）＋主詞＋動詞～，wh- 疑問句～？」
是「如果～的話」或「假如說～」的假設語氣句型，後面所
接的子句可以是條件句或假設句。另外，以 Suppose 為開頭
的祈使句，也可以表達一種建議或提議，意思是「讓～這樣
做～怎麼樣？」，相當於「Let ～（讓～）」的意思。

句型開口説 MP3

A： Suppose you were in my position, would you do it?
假如你站在我的立場，你會願意做這件事嗎？

B： Honestly, I'd part with it. [1]
坦白講，我會放棄。

A： Suppose you won the lottery, what will you do?
假如你中了樂透，你要做什麼？

B： I would give all the lottery prize money to charity.
我會把全部獎金捐給慈善單位。

A： I think my father should agree to lend his car to us. 我想我爸應該會同意把他的車借給我們。

B： Suppose you can't borrow your father's car, how will we get to Taitung?
如果你借不到你爸的車，我們要怎麼去臺東？

A： Suppose we call him first.
讓我們先打電話給他，怎麼樣？

B： I think so, too.
我也是這麼想。

A： I have to stay sober to drive home.
我要開車回家不能喝太多酒。

B： Suppose I drive you home.
讓我開車送你，怎麼樣？

. . . .

補充 1：「part with」同「give up」，放棄的意思，
也有「與～分開」之意。

 ## 句型方程式

What if ＋ 主詞 ＋ 動詞 ～ ?

　　假設要是、萬一、如果某件事發生，該怎麼辦時，可用
此句型。

　　「What if＋主詞＋動詞～?」是「要是、萬一～怎麼辦？」
的假設語氣句型。what if 可做為一句話的開頭，後面接一
個完整的句子，用來詢問如果某事發生（較常見的情況是擔
心不好的事發生），應該怎麼辦。這個句型也可以用在向別
人建議或提議的時候，表示「那～如何呢？」「何不～試試
看？」

句型開口說 MP3

A：**What if I fail in the exam?**
萬一我這次考試考糟怎麼辦？

B：**Don't stress. Do your best.**
別給自己太大的壓力，盡力就好。

A：**What if the rumor is true?**
要是傳言是真的怎麼辦？

B：**Let it be.**
順其自然吧。

A：**Let me keep the ticket. I'll give it to you in the concert.**
票放在我這裡，到音樂會再給你。

B：**What if you don't show up?**[1]
萬一你沒來怎麼辦？

A：**Don't chop too quickly. What if you chop your fingers?**
切慢點，萬一你切到自己的手指怎麼辦？

B：**Don't worry. I won't.**
別擔心，我不會啦。

A：**How should we promote our new product?**
我們要怎麼宣傳我們的新產品？

B：**What if we create a new fan page on Facebook?**
何不開一個臉書粉絲專頁試試看？

• •

補充 1：「show up」出現、出席、揭露的意思。

96

If ＋ 主詞 ＋ 動詞現在式，
主詞 ＋ 動詞～

如果～，就～

句型方程式

If ＋ 主詞 ＋ 動詞現在式 ～， 主詞 ＋ 動詞現在式 will ＋原形動詞 ～ ．

主詞 ＋ 動詞現在式 will ＋原形動詞 ～ if ＋ 主詞 ＋ 動詞現在式 ～ ．

　　說明一種希望，但這希望是要在某些條件下才可能發生時，可用此句型。

　　「If＋附屬子句（主詞＋動詞現在式～），主要子句（主詞＋動詞～）」是「如果～，就～」的假設語氣句型。if 是表示條件和限制的連接詞，由 if 引導的附屬子句是說明可能的狀況或要求的條件，要用現在式，有句首或句中兩個位置，放在句首時，需要用「逗號」來分開兩個句子。而主要子句有兩種情況，主要子句用「現在式」的話，代表「談話兩人現在的情況」，若用「未來式」，則是「推論假設未來的決定」。

句型開口說 MP3

A：**If you see her, please tell her to call me.**
　　如果你看見她，請她跟我聯絡。

B：**Sure.**
　　好。

A：**You can try this on if you like.**
　　如果你喜歡可以試穿看看。

B：**OK, I'll try on medium size.**
　　好，我想試試 M 尺寸。

A：**I can make my famous handmade cookies if you want to come to my house.**
　　如果你想來我家的話，我可以準備我最有名的手工餅乾。

B：**My pleasure.**
　　我的榮幸。

A：**If you have time, let's have tea time at Eslite bookstore.**
　　如果你有時間，我們一起去誠品喝下午茶。

B：**OK with me.**
　　我沒問題。

A：**If it rains tomorrow, I'll stay at home.**
　　如果明天下雨，我就要待在家裡。

B：**I wish you could go.**
　　我希望你能去。

句型方程式

Even if ＋ 主詞 ＋ 動詞現在式 ～, 主詞 ＋ will ～.

　　未知或假設的狀態下，表示無論情況如何，結果都不會改變，可用此句型。

　　「Even if＋附屬子句（主詞＋動詞現在式～），主要子句（主詞＋will～）」是「即使～，仍然～」的假設語氣句型。even if 是「即使」之意，用於未知的情況，或與事實相反的假設，因此不能用來描述已經發生的事。此句型隱含無奈的意味，例如：「Even if you're a poor guy, I will love you.（即使你是個窮小子，我仍然會愛你。）」even if 引導的子句可以放在句首，也能放在句中。

句型開口說  MP3

A：Eric is so rich!
艾瑞克好有錢！

B：Even if he is a millionaire, he will be unable to buy everything.
即使他是個百萬富翁，他也無法買到所有東西。

A：Why is he always watching TV?
他為什麼總是在看電視？

B：He is a TV addict.[1] **Even if there is no good program, he will not leave the TV set.**
他是個電視迷。即使沒什麼好節目，他就是離不開電視。

A：Even if you lose, I will still be proud of you.
即使你輸了，我仍然以你為榮。

B：Thanks for your support.
謝謝你的支持。

A：Even if I get sick, I will still complete this assignment.
即使我生病，我仍然要完成這個任務。

B：Don't give yourself a hard time.
別為難自己。

A：I will not forgive him forever, even if he says sorry to me. 　即使他向我道歉，我也永遠不會原諒他。

B：It's up to you.
你看著辦吧。

補充 1：「addict」入迷或上癮的人。

98 ～ be 動詞 ＋ 比較級 ＋ than ～
比～更～

 句型方程式

名詞 A ＋ be 動詞 ＋ 比較級 形容詞 ＋ than ＋ 名詞 B ．

　　比較兩個事物或兩者之間的優劣、高低、大小，可用此句型。

　　「A＋be 動詞＋比較級形容詞＋than＋B」句型用於兩者的比較，意思是「A 比 B 更～」或「比～更～」。將兩者做比較時，比較級的形容詞一般都會在詞尾加「er」。此外，如 interesting、useful、beautiful、important 等以 -ing、-ful、-ble、-less、-ous、-ive、-ant 結尾及多音節（三個音節以上）的單字，則在前面加 more，用「more＋形容詞原級」表示比較級，例如：「This is more useful than that.（這個比那個有用。）」

句型開口說 🔊MP3

A：**His English is better than mine.**
他的英文比我好。

B：**Yes, He's been working at it for a long time.**
是的，他努力很久了。

A：**Today's meeting was longer than usual.**
今天的開會時間比平常都還要長。

B：**Well, then what happened?**
那麼，發生了什麼事？

A：**Alison's new boyfriend is better than her ex-boyfriend.**
艾莉森的新男友比前一任好多了。

B：**As long as she likes him.**[1]
只要她喜歡就好了！

A：**He is younger than you.**
他比你年輕。

B：**But I'm much more handsome than him.**
但是我比他帥多了。

A：**Health is more important than wealth.**
健康比財富更重要。

B：**That's a golden rule.**
這是不變的真理。

· ·
補充 1：「as long as」是「只要」的意思。

99 ～ the ＋ 最高級 ＋ 名詞
最～的

 句型方程式

主詞 ＋ be 動詞 ＋ the ＋ 最高級 形容詞 ＋ 名詞 .

說明或表達在某個領域最棒的人事物時，就用最高級的形容詞來表達。

「主詞＋be 動詞＋the＋最高級形容詞＋名詞」句型，有「最～的」的意思，用最高級的形容詞去表達最怎麼樣的人事物。最高級的形容詞一般都會在詞尾加「est」，此外，如 interesting、useful、beautiful、important 等以 -ing、-ful、-ble、-less、-ous、-ive、-ant 結尾及多音節（三個音節以上）的單字時，用「the most＋形容詞原級」表示最高級，例如：「the most beautiful（最美麗）」。

句型開口説 🔊MP3

A：**You're the prettiest girl in the world.**
你是這世界上最漂亮的女孩。

B：**You're such a sweetheart.**
你真是會甜言蜜語。

A：**Taipei 101 is the tallest building in Taiwan.**
臺北 101 是臺灣最高的建築物。

B：**That's right.**
沒錯。

A：**You are the most excellent person I have ever met in my life.** [1]
你是我這輩子遇過最優秀的人了。

B：**Oh, you flatter me.**
你太過獎了。

A：**How was the film?**
那部電影怎麼樣？

B：**That's the most boring movie I've ever seen.**
那是我看過最無聊的電影了。

A：**Madonna is the most outstanding singer around the world.**
瑪丹娜是全世界最傑出的歌手。

B：**You bet.**
你説得沒錯。

• •
補充 1：「I have ever ～」表示從以前至今的經驗。

265

心得紀錄

國家圖書館出版品預行編目資料

要講英文很簡單 / Simone Lin 作 . -- 初版 . -- 臺中
　市 : 晨星 , 2014.06
面 ;　公分 . -- (Guide book ; 345)
ISBN 978-986-177-844-0（平裝）

1. 英語 2. 會話 3. 句法

805.188　　　　　　　　　　　103003607

Guide Book 345

要講英文很簡單

作者	Ｓｉｍｏｎｅ Ｌｉｎ
編輯	邱 惠 儀
美術設計	邱 惠 儀
插圖	尤 淑 瑜
封面設計	萬 勝 安
排版	曾 麗 香
MP3 會話發音示範	呂 姿 毅 、ＬＵＳＳＩＥＲ ＥＲＩＣ
創辦人	陳銘民
發行所	晨星出版有限公司
	台中市工業區 30 路 1 號
	TEL：（04）23595820　FAX：（04）23550581
	E-mail：service@morningstar.com.tw
	http://www.morningstar.com.tw
	行政院新聞局局版台業字第 2500 號
法律顧問	黃思成律師
初版	西元 2014 年 6 月 15 日
二刷	西元 2015 年 10 月 5 日
郵政劃撥	22326758（晨星出版有限公司）
讀者服務專線	（04）23595819 # 230
印刷	上好印刷股份有限公司

定價 300 元
（缺頁或破損的書，請寄回更換）
ISBN 978-986-177-844-0

Published by Morning Star Publishing Inc.

Printed in Taiwan
All Rights Reserved
版權所有‧翻印必究

◆讀者回函卡◆

以下資料或許太過繁瑣，但卻是我們瞭解您的唯一途徑
誠摯期待能與您在下一本書中相逢，讓我們一起從閱讀中尋找樂趣吧！

姓名：＿＿＿＿＿＿＿＿＿　性別：□ 男　□ 女　　生日：　　／　　／

教育程度：＿＿＿＿＿＿＿＿＿

職業：□ 學生　　　□ 教師　　　□ 內勤職員　　□ 家庭主婦
　　　□ SOHO 族　□ 企業主管　□ 服務業　　　□ 製造業
　　　□ 醫藥護理　□ 軍警　　　□ 資訊業　　　□ 銷售業務
　　　□ 其他 ＿＿＿＿＿＿＿＿＿

E-mail：＿＿＿＿＿＿＿＿＿＿＿　聯絡電話：＿＿＿＿＿＿＿＿＿

聯絡地址：□□□ ＿＿＿＿＿＿＿＿＿＿＿＿＿＿＿＿＿＿＿

購買書名：要講英文很簡單

·本書中最吸引您的是哪一篇文章或哪一段話呢？ ＿＿＿＿＿＿＿＿＿

·誘使您購買此書的原因？

□ 於 ＿＿＿＿ 書店尋找新知時　□ 看 ＿＿＿＿ 報時瞄到　□ 受海報或文案吸引
□ 翻閱 ＿＿＿＿ 雜誌時　□ 親朋好友拍胸脯保證　□ ＿＿＿＿ 電台 DJ 熱情推薦
□ 其他編輯萬萬想不到的過程：＿＿＿＿＿＿＿＿＿＿＿＿＿＿＿

·對於本書的評分？（請填代號：1. 很滿意 2. OK 啦！ 3. 尚可 4. 需改進）

封面設計 ＿＿＿＿　版面編排 ＿＿＿＿　內容 ＿＿＿＿　文／譯筆 ＿＿＿＿

·美好的事物、聲音或影像都很吸引人，但究竟是怎樣的書最能吸引您呢？

□ 價格殺紅眼的書　□ 內容符合需求　□ 贈品大碗又滿意　□ 我誓死效忠此作者
□ 晨星出版，必屬佳作！　□ 千里相逢，即是有緣　□ 其他原因，請務必告訴我們！

＿＿＿＿＿＿＿＿＿＿＿＿＿＿＿＿＿＿＿＿＿＿＿＿＿

·您與眾不同的閱讀品味，也請務必與我們分享：

□ 哲學　　　□ 心理學　　□ 宗教　　　□ 自然生態　□ 流行趨勢　□ 醫療保健
□ 財經企管　□ 史地　　　□ 傳記　　　□ 文學　　　□ 散文　　　□ 原住民
□ 小說　　　□ 親子叢書　□ 休閒旅遊　□ 其他 ＿＿＿＿＿＿＿＿＿

以上問題想必耗去您不少心力，為免這份心血白費
請務必將此回函郵寄回本社，或傳真至（04）23597123，感謝！
若行有餘力，也請不吝賜教，好讓我們可以出版更多更好的書！

·其他意見：

晨星出版有限公司 編輯群，感謝您！

更方便的購書方式：

(1) 網　　站：http://www.morningstar.com.tw
(2) 郵政劃撥　帳號：22326758
　　　　　　戶名：晨星出版有限公司
　　　　　　請於通信欄中註明欲購買之書名及數量
(3) 電話訂購：如為大量團購可直接撥客服專線洽詢

◎ 如需詳細書目可上網查詢或來電索取。
◎ 客服專線：04-23595819#230　　傳真：04-23597123
◎ 客戶信箱：service@morningstar.com.tw